予知夢

# 预 知 梦

〔日〕东野圭吾 著

吕灵芝 译

南海出版公司

新经典文化股份有限公司
www.readinglife.com
出　品

预知梦

# 目 录

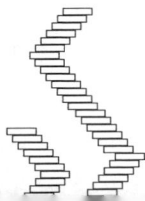

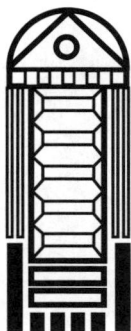
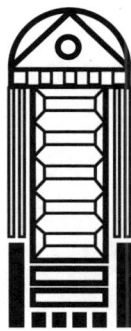

第一章

梦见

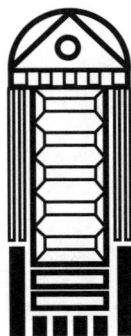
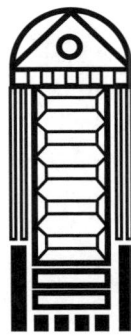

# 1

宅子周围虽然砌了一圈高高的围墙，要翻过去还是轻而易举。男人是开着家用轻型卡车来的，只要爬上卡车的装货台，就能轻易攀上围墙。他毫不犹豫地翻了进去。

这里占地面积宽阔，宅子也很大。男人并不清楚宅子的布局，只知道礼美的房间位于何处，但这已经足够了。

宅子里的灯都熄灭了，唯有院子里的长明灯还发着微光。男人避开昏暗的灯光向前移动，来到宅子南侧。这里还有一块空地，地上铺着草坪，角落里还支着练习高尔夫球的网。想必这家主人——礼美的父亲很喜欢打高尔夫。

一间储藏室贴墙而建，屋顶很高，滑雪板应该都能轻松地放进去。

男人站在储藏室旁仰望宅邸。头顶上方是阳台，到那里去就能见到礼美了。他双手攀住储藏室的房檐，用引体向上的动作提起身子，踩住屋顶边缘爬了上去。有一点金属摩擦声发出，但并不算太响。

　　站在屋顶上，能看见阳台近在咫尺。男人感到心跳加速——礼美这时在窗后做着什么呢？他抓住阳台的栏杆，像猴子一样悬吊在半空，踩着固定雨水槽的铁环爬了上去。他以前练过器械体操，没想到这时候派上了用场。

　　他走向窗帘紧闭的房间，将手搭在落地窗上，往旁边轻轻一推便推开了。他长舒了一口气。

　　礼美，你果然在等我……

　　把落地窗推开几十厘米后，他脱下鞋，钻过窗帘走进室内。脚底隔着袜子感到了地毯的柔软，仅仅是这点感觉，也足以让他感动——终于来到礼美的房间了。

　　他环视室内。房间约有十叠①大小，在朦胧的夜色中，能隐约看到书架、写字台和三角钢琴。紧接着，他的目光捕捉到房间里的小双人床。他梦寐以求的女孩盖着轻柔的被子，睡得正香。

　　不，他想，她不一定真的睡着了，可能是发现我来了，才装作睡着了。他慢慢靠近小床，空气中飘来花一般的香气，令他沉醉不已，仿佛置身于高贵之人身侧。

───────────
①日本计量房屋面积的单位，1叠约为1.62平方米。

礼美闭着眼睛。她真美，黑暗也无法遮掩她的美丽。男人的心在震颤。

他伸出右手，想触碰女孩的脸颊。他相信，那样做就能让一切开始。她会醒来，微笑着对他说，你真的来了。

就在指尖即将碰到脸颊的瞬间，他感到了空气的流动。回过头，只见房门开着，一个人站在那里。

"放开礼美！"那人声音尖厉，手上拿着一杆黑色的枪，细长的枪身闪闪发光。

他慌忙离开床边，冲出阳台，跳到储藏室的屋顶上。几乎同时，枪声响起，身后的玻璃应声而碎。

身处玻璃碎片中，他内心呐喊着：礼美，这是为什么？！


## 2


草薙俊平叼起一根烟，用火柴点燃，正想将熄灭的火柴棍扔进烟灰缸，突然看到里面有一根只烧了不到一厘米的烟。他想起那是一分钟前刚放下的。

旁边的牧田哧哧地笑起来。"草薙前辈，看来您是累坏了。"

草薙把烟灰缸里的烟摁灭。"身体倒不怎么累，只是提不起精神来。我很想知道自己究竟在做什么，做的事到底有没有意义。"

"我也一样。"牧田喝了一口咖啡,"但这毕竟是工作。"

"不错嘛,还有点正常人的样子。我可说不出那种话。"

"是吗?"

"告诉你一个秘密。"草薙凑近牧田,"你之所以还能有点正常人的样子,是因为才当上刑警不久。这一行干久了,就越来越不正常了。瞧瞧组长就知道了。"

牧田不禁扑哧笑了起来。"草薙前辈,看来您已经很不正常了?"

"是啊,很不正常。再不把我调走,我可就无法回归社会了。"

这时,一个女服务员正好经过,草薙让她加了点水。服务员露出略显惊讶的表情,因为草薙碰都没碰咖啡,水倒是喝了不少。

草薙向来认为,只要杯子里还有咖啡,无论待多久都不会被赶出咖啡厅。想到即将出现的那个人或许会让他继续在咖啡厅里待上许久,他认为有必要采取这个方法。

"啊,是不是那个人?"牧田指着咖啡厅入口说。

一个穿着Polo衫和牛仔裤的男人夹着包走了进来。他只有二十七岁,看起来却有种超出年龄的稳重感,可能是因为他的三七分发型。

男人环视店内，目光落在草薙二人身上。除他们以外，再没有看上去像警察的客人了，其他桌的客人不是一家老小或情侣，就是一群高中生。

"请问您是中本先生吗？"男人走近后，草薙问道。

"是的。"男人点点头。他看起来有些紧张，或许是因为问话的人是警察。

"我是之前给您打过电话的草薙，他是我的同事牧田。休息日打扰您，真是不好意思。"草薙起身低头致意。今天是周六。

"没什么，我正好出门办事。"说着，中本坐了下来。女服务员过来后，他也点了咖啡。

"去练习高尔夫吗？"

听了草薙的话，中本露出惊讶的表情。"您怎么知道？"

"您的右手晒得黝黑，左手却几乎没有被晒黑，于是我想，您应该经常打高尔夫球。①"

"原来是这样。我妹妹常说我的手太丑了。"中本将左手藏在桌下，露出羞涩的笑容。他的紧张似乎缓解了不少。

"您把跟我们见面的事告诉家人了吗？"

"没有。要是告诉他们我的老同学犯事，警察要找我谈话，会让他们担心。"

---

① 男式高尔夫球手套通常只有单只，为增大握杆时的摩擦力，会在非惯用手佩戴手套。大多数人以右手为惯用手。

"有可能。"草薙点头道，"正如我在电话里说的那样，绝不会给您带来任何麻烦，我们只想看一下那个东西。"

"嗯，我明白。东西已经带过来了。"中本把包放到腿上，从里面抽出一本同学录摆在桌上，"请看吧。我在那个地方夹了书签。"

"谢谢您，那我就不客气了。"草薙拿起同学录。

那是一本老旧的同学录，封面是格子花纹的硬纸壳。尽管对其他内容也感兴趣，草薙还是先翻开了夹着黄色书签的那页。"嚯，"他不禁赞叹道，"这张画真不错啊！"

"那家伙很会画画。"中本说。

那一页上有一幅用彩色铅笔描绘的布娃娃画像，少女模样，栗色头发，蓝色眸子，看来是个外国女孩。布娃娃穿着一身下摆带有白纱的红色连衣裙，鞋子也是红色的，搭配着白袜。布娃娃旁边用签字笔写着"升上初中也要多关照哦！坂木信彦"。最吸引草薙注意的，是画在角落里的小雨伞图案。伞下并排写着"坂木信彦"和"森崎礼美"。

"确实有，"草薙把翻开的同学录放到桌上，指着画着伞的地方说，"在这里。"

"是啊。"中本笑着答道，笑容看上去有些复杂。

"您也没听说过这是谁的名字吧？"

"坂木说那是他未来的恋人，无论谁去问，他都只有这句回答。当时我们身边并没有叫这个名字的女孩子，甚至没人认识姓森崎的人，所以我想或许是那家伙自己编造出来的名字。"

"您确定他写下这些文字的时间是小学六年级吗？"

"没错，这是我毕业前请班上同学写的。"

"这本同学录您后来是怎么保管的？"

"一直被我放在壁橱的纸箱里。为了找它，我还顺便把壁橱也收拾了一遍。"

服务员端来了咖啡。中本没有加糖和奶便享受般地喝了起来。

"您只在那时与嫌疑人坂木关系亲密吗？"

"其实也算不上关系亲密，只是小学五年级和六年级都在同一个班而已。初中没同班过，高中又不在一所学校，初中毕业后我们就没见过面了。"

"请您根据那两年的记忆描述一下，他当时是个怎样的孩子？"

"我不太记得了，但不知为什么，那个未来恋人的事我倒记得十分清楚。简单来说，他是个奇怪的家伙，不怎么跟大家一起玩，我也没在学校以外的地方见过他。"

"他是那种被欺负的孩子吗？性格是否比较内向？"

"这我不知道呢。"中本苦笑道，"如果按照现在的说法，可能他被欺负过，但当时的小孩子都没那种意识。"

"也对。"草薙只能这样回答。他看向牧田，用眼神询问还有没有问题要问。牧田摇摇头，也用眼神回答他：这种情况要我问什么？

"请问……"中本开口道，"我在报纸上看到了，那是真的吗？坂木擅闯的民宅是森崎家，而那家人的女儿叫——"

"请等一下。"草薙抬手打断了中本的话，"您一定有很多问题要问，但我们在结案前不能透露任何有关调查的情况。"

"啊……哦，这样啊。"中本挠挠头说。

"请问我能把这个借走吗？"草薙合上同学录问道。

"嗯，没问题。"

"真不好意思。等我们确认完毕，会马上还给您。"

"哦，没事，也不是多重要的东西。"中本说着又喝了一口咖啡。

走出咖啡厅，草薙把同学录递给牧田。"你拿着它先回搜查本部。我们不是从坂木父母家搜出了他小时候用的笔记本和便笺记录吗？你拿这个去对照笔迹。不过这种事就算我不说，也会有人做出指示的吧。"

"草薙前辈要去哪儿？"

"我要绕点路。"

"绕路？组长会发牢骚的。"牧田笑着说。

"你跟他说我去找伽利略了，这样他就不会发牢骚了。"

“去汤川老师那儿啊，”牧田恍然大悟般点点头，“我知道了。”

“又要被他嘲笑我是理科白痴了，烦人得很。”

“请告诉他，我很期待他这样说。”说完，牧田转身走向车站。

3

那是一周前的事。警视厅接到世田谷发生交通肇事逃逸的报警，深入调查后发现，那并不是一起简单的交通事故。肇事者在案发前不久，刚刚私闯了距离肇事现场徒步仅需几分钟的某座宅邸。

那里是森崎家，主人是进口商品贸易公司的社长森崎敏夫，妻子名叫由美子，还有个在女子高中上学的独生女礼美，三人一起生活。事发当晚，森崎敏夫在新加坡出差。

根据由美子的证词，半夜两点左右，她听见响动惊醒过来，仔细一听，发现阳台好像有人。阳台连通二楼的三个房间，礼美的房间与夫妇俩的房间分别位于阳台两端。不一会儿，她又听到落地窗被推开的声音，惊觉有人闯入了女儿的卧室，于是毫不犹豫地把手伸到床下。那里藏着一杆猎枪。

猎枪为森崎敏夫所有。他上大学时曾加入过射击俱乐部，毕业后也一直保持着射击的爱好。

当然，猎枪并非一直放在床下，这只是敏夫长期出差时的习惯。为了在关键时刻能够用枪自卫，他把最基础的操作教给了由美子，而她则忠实地遵守了丈夫的指示。

由美子端起猎枪走进礼美的房间，发现一个男人站在床头，正准备对礼美做些什么。她情急之下叫了一声。男人闻声慌忙逃窜。她随即扣动了扳机，但男人已经跳下阳台。

男人是开着轻型卡车来的，在他开车逃走途中，不慎撞上了附近的居民。

肇事者很快便被逮捕了，是住在江东区、名叫坂木信彦的二十七岁男子，目前在自家经营的电气公司帮忙，轻型卡车则是他家的业务用车。

近两个月来，坂木一直在纠缠森崎礼美。当被警察问及是否有线索时，礼美马上说出了坂木的名字。坂木曾数次寄信给礼美，上面明确地写着住址，那些信几乎都被礼美扔掉了，所幸还剩下一封。侦查员省却了不少力气，马上按信上的地址前往坂木家。坂木当时就窝在自己的房间里，可能因为早已认命，侦查员一盘问，他便认罪了。

这案子真简单——这是当时所有人的想法。

与牧田分开约莫半小时后，草薙开着私家车来到帝都大学。他把车停进最靠里的停车场，走进了老旧的教学楼。那是理学院物理系的教学楼，第十三研究室位于三楼。

他拾阶而上，听到第十三研究室似乎传来号子似的声音："一二、一二。"

草薙疑惑地敲了敲门，没有任何回应，他的敲门声被号声盖过了。于是他直接推开门，眼前的景象令人难以置信——所有桌椅都被挪到墙边，二十多个学生正在房间中央拔河。

眼前的汤川学穿着白大褂，坐在折叠椅上看着学生们。

最终草薙右侧的队伍获胜。所有人似乎都很疲惫，甚至有人上气不接下气。

草薙拍了一下汤川的肩膀。年轻的副教授转过身来，对他笑了笑，露出白色的牙齿。"是你啊。"

"你在干什么？"

"一看不就知道了？在拔河。"

"这我知道，可为什么要拔河？"

"这是个简单的物理实验，我将其命名为拔河必胜法。"

"啊？"

"好了，"汤川拍着手站起来，"我有客人来了，再比一次就结束吧。全都排好队，拿起绳子。"

"啊？还来吗？"学生们低声抱怨着，走到位置上拿好了绳子。

汤川转向草薙。"机会难得，我们来打个赌吧。你猜哪一队会赢？"

"啊？这有点难。"

"就用经验和直觉来猜。"

"好吧……"草薙来回打量着两支队伍。虽然学生们的体格看上去都差不多，他想到方才的结果，还是选了右侧的队伍。"那我选这边吧！"

"OK，那如果他们赢了，我就请所有人喝饮料。如果输了，你就得请另一个队喝饮料。"

"嗯，好吧。"

"你对他们有什么建议吗？"

"建议？"

"对，比如把脚分开一点、重心向后倾之类的。"

"哦，也对。"草薙看着学生们思考起来。他想起以前在运动会上参加拔河比赛时，班主任在旁边对他们说的话。"首先，最重要的是把腰放低吧？"

"哦，把腰放低吗……"汤川抱起双臂，若有所思地说。

"没错。把腰放低，脚下扎稳，这是关键。如果站得直挺挺的，就无法发力。"

"这样啊，不如你来示范一下吧。腰要放多低？"

"放多低？应该是越低越好。"草薙做了个屁股几乎挨到地板的拽绳姿势。

"听到了吗，同学们？你们要用他刚才示范的动作来拉绳，切勿忽视这位先生的建议。好了，都把腰放低，拉好绳子。"

听了汤川的话，右侧队伍的选手们都苦笑着照办了。他们看起来好像特别失望。

"你对另一队有什么建议吗？"汤川又问。

"没什么，随便就好。"

"那就让他们用你刚才说的无法发力的姿势吧。"

汤川让左侧队伍站得稍直一些。在草薙看来，他们的姿势极不稳定，他觉得胜负很明显了。

"好了，开始比赛吧！各就各位，预备……一、二、三，开始！"

汤川一声令下，比赛开始。两队同时拼命拉扯绳子。意外的是，右侧队伍很快就被拽得向前倾倒了。

"把腰放低！把腰放低！"草薙大声指挥。他的声援并没有奏效，右侧队伍转眼就败下阵来。

汤川回头一笑。"别忘了留下饮料钱啊。"

"肯定是你指使他们故意输掉的吧？"

"你真的这样想？"

"难道不是吗？"

"那我问你，为什么会觉得把腰放低更好？"

"当然是因为那样下盘更稳啊。下盘稳，双脚才更容易借地使力。"

汤川闻言摇起了头。"完全相反。拔河时相对位置越高越易发力。"

"怎么可能？"

"你想想，拉一个位于低处的物体时，地面对双脚的作用力肯定比拉一个高处的物体时要强吧？用专业术语来说是垂直力增强，其结果是最大静摩擦力增大，也就是说要花更大的力气才能站稳。如果对方的高度不变，只要提高我方的高度即可。你明白了吗？"汤川说。

草薙反复思索着汤川说的话，却只感到轻微头痛。他摇了摇头，说："我以后不打算参加运动会了。"

汤川无声地笑了。他拍了拍草薙的肩膀，看着学生们说："你们把研究室收拾一下，我还要再给他讲讲物理。"

4

"这可能不算什么大案子，案犯抓到了，也交代了犯罪事实，证据确凿，总之必要的东西都凑齐了。"草薙靠在屋顶的防护网上说。

"那不是很好吗？这种事并不常见吧？你只要欣然接受突如其来的幸运就好。"汤川说着拿起手边的软式网球和球拍，对着墙打了起来。他不愧为曾经的羽毛球社王牌，用起球拍来格外顺手，技术非常了得。橡胶球几乎每次都能打在墙壁的同一点上。

"可是有一点我怎么都想不通。"草薙说。

"什么？"

"动机。"

"动机？"汤川停下了动作。反弹回来的橡胶球落在了地上。"我不太明白，为什么动机会有问题？案犯是想用喜欢的女性来满足欲念，这不就够了吗？"

"话是这么说，可问题在于案犯为何会盯上那个女孩。首先，她叫森崎礼美。"

"我对名字没什么兴趣。"

"不，名字在这个案子里非常重要。案犯坂木信彦这两个月来一直在纠缠森崎礼美，而起因就是她的名字。"

"跟甩掉他的前女友同名同姓？"

"你的想法不错，但事实有点不同。坂木信彦说森崎礼美与他命中注定要结合，那是十七年前就已决定了的事。"

听了草薙的话，汤川大笑起来。"简直是老掉牙的告白，'你我此生注定要在一起，我们无法违背命运'。没想到现在还有人说这种话。"

"我们一开始也觉得可笑，但听他说下去，就渐渐笑不出来了。"草薙从上衣口袋里掏出一张照片，递给汤川。

"这是什么？"汤川看着照片皱起眉，"作文吗？"

"是坂木小学四年级时写的作文，标题是《我的梦》，内容是他梦到了将来要跟自己结婚的女孩，名字叫 Morisaki Remi①。你仔细看那张照片，上面不是用片假名写着她的名字吗？"

"确实写着。"汤川点了点头，脸上的笑容已经消失。

"我跟他家人确认过了，那的确是他本人说的。他从小就一直说，命中注定要与一个叫森崎礼美的女孩结合。除了这篇作文，还有不少东西能证实这个说法。刚才我还跟他的小学同学见过面，看来他的话是真的。"草薙说了那本同学录的事。

汤川拿着球拍抱起了双臂。"直到二十七岁都一直抱着那个梦想，这确实很异常。不仅如此，他还真遇见了叫那个名字的女孩。"

"出于机缘巧合，他得知有一个女高中生名叫森崎礼美，接下来就失去控制了，他打电话、写信，还埋伏在女高中生放学的路上。森崎礼美因为太害怕，最近都不怎么愿意出门。"

①日语中，此发音可写作"森崎礼美"。

"变成跟踪狂了吗？"

"那种人根本意识不到自己被讨厌了，所以非常棘手。坂木的说法是，森崎礼美现在还是个孩子，所以他要一直守护她，直到她长大。"

汤川无可奈何地摇了摇头。"这对双方来说都是不幸的巧合。"

"问题就在这里。你说，真有这种巧合吗？"

"你是想问，小时候梦到过叫某个名字的女孩，十七年后真的遇到了，这种巧合是否有可能？"

"对啊。"

"应该有吧。"汤川毫不犹豫地说，"事实上真的发生了，谁也无法否定。"

"可那是森崎礼美啊。如果是山本良子这种常见的人名倒还可能是偶然，但森崎礼美……有点不太可能吧？"

"如果不是巧合，那是什么？"

"不知道，所以我才想不通啊。"

"喂，你该不会想叫我来帮你解开谜题吧？"

"嗯，你还真说中了。"草薙把手搭在汤川肩膀上，努力用最严肃的目光看着他，"我们警察对这种事最不拿手了。拜托，帮帮忙。"

"我也不拿手。"

"可你之前不是解开了灵魂出窍之谜嘛，就照那样子来啊。"

"那是物理现象，这次可是心理之谜，超纲了。"

"莫非你相信预知梦或梦境成真这种事吗？这有点不像你。"

"我没说相信那种东西，只说那是单纯的巧合罢了。"

"但这未免太凑巧了。"

"怎么，巧合不好吗？"

"不，关键问题是它究竟是不是巧合。"

"什么意思？"

"第一，媒体会纠缠不休。他们肯定会将这件事说成梦预言或轮回这种无聊又神秘的话题加以炒作。他们已经嗅出味道找过来了，恐怕很快就要上电视。"

"那我真是太期待了。"汤川一脸毫不关心的表情说。

"第二，关系到庭审。照这样下去，那家伙的律师肯定会主张精神异常来替他辩护。"

"有道理。"汤川点头道，"如果我是律师也会这么做，而且听完你的话，我确实觉得他很异常。"

"可万一这里面有什么阴谋呢？或许只用精神异常无法完全解释？"

"什么阴谋？"

"这才是我想让你考虑的啊。"

汤川露出苦笑，举起球拍做了个扣球的动作，若有所思地看向草薙。"若不是巧合，便是必然了。如果那个姓坂木的男人十七年前就知道森崎礼美这个名字，就意味着当时已经见过她了。"

　　"这点我们也想到了，但那不可能。森崎礼美现在才十六岁，当时还没出生呢。再说了，坂木与森崎家没有任何关系，十岁的坂木怎么会跑到世田谷去呢？"

　　"如果你否定了这个可能性，那我也束手无策了。"汤川握着球拍举起双手。

　　"连你都这么说，我也没办法了。"草薙使劲挠了挠头，"果然是巧合吗？他真的只是个妄想症患者？还有那封邀请信的事。"

　　"邀请信？那是什么？"

　　"坂木说，那天晚上是森崎礼美邀请他去的。他声称收到一封信，森崎礼美说在房间等他，要他过去。当然，森崎礼美否定了他的说法。"

　　"嗯……"汤川走向铁丝网，目不转睛地眺望着远处的风景。他只是看起来在眺望风景，脑子里一定正在进行各种思考。不一会儿，他转头看向草薙。"先让我看看那本画着雨伞图案的同学录吧。"

　　"我这就联系组长。"草薙说。

# 5

合上同学录，汤川叹了口气。他右手支着下巴，左手食指敲着办公桌。他面前摆着坂木的笔记本、作文和记事本，每样东西上都至少出现过一次森崎礼美的名字。

这里是世田谷警察局的一间办公室，有关坂木信彦预知梦的资料都存放在这里，会进出这里的只有草薙和牧田。其他侦查员都认为案件已经解决，并且从一开始就对预知梦毫不关心，这也让身为非警方人员的汤川能轻易被带进来。

"你怎么想？"草薙问。

"奇怪。"汤川回答，"除了奇怪，我想不到别的形容词。"

"那就只能把这当成巧合了吗？"

"不，我认为不是。看完这些资料，我越来越觉得这不像巧合了。一个人对虚构人物如此执着，这本身就极为罕见，现在竟有同名同姓的人出现，这太离奇了。"

"可这也无法解释，不是吗？"

"暂时是的。"汤川又扫了一眼桌上的资料，"我想问一下，森崎礼美这个名字是怎么来的？"

"跟你说了，是坂木梦见的。"

"我不是指这个，而是指现实中的那个女孩。礼美这个名字是她父亲起的吗？"

"不，是母亲。"

"绝对没错吗？"

"没错。我听坂木说完预知梦的事后，马上到森崎家问了几个问题，当时把名字的由来也问清楚了。"

草薙拜访森崎家时，主人敏夫也在，据他说是得知出事后匆忙赶回来的。那天敏夫始终是一副凶狠的样子，不断叫嚷着要对案犯处以极刑。

草薙把坂木的预知梦告诉了森崎夫妇和礼美，并问他们是否想到了什么。

因愤怒连额头都涨红了的敏夫断然否认道："什么预知梦，我绝对不接受这种说法！而且还是跟礼美结合的梦？简直放肆！他只是为了减轻刑罚，信口编造了一个纯真的故事罢了！以前的笔记本上写着礼美的名字算什么证据？他肯定是知道了礼美的名字才写上去的！"

很明显，敏夫的说法并不成立。各种客观事实证明，坂木确实在十七年前就知道森崎礼美这个名字，中本的同学录也是证据之一。

草薙又问森崎夫妇，礼美这个名字是谁取的、怎么取的。对此，由美子做出了回答："是我在医院病床上临时想的。怀孕时一直以为是个男孩，就没有准备女孩的名字。"

由美子是个具有典型日本人面相的瘦削女人，言行举止都很优雅，甚至略显柔弱，让人难以想象她端着猎枪的样子。

"请问您取名的时候参考过什么吗？比如起名字的书。"

由美子摇摇头否定道："我没看过那种书。当时我只希望这孩子长大后是一个知书达理的人，就取了礼美这个名字。"

"那您找人商量过吗？"

"没有，我丈夫说取名的事交给我决定。"

"这名字不错吧？礼美，我很喜欢。"敏夫斩钉截铁地说。

最后草薙又征求了礼美的意见。与由美子不同，礼美长着一张轮廓分明的脸，还有一双大大的眼睛，让人不禁觉得她以后肯定是个美女。

"我完全不明白发生了什么事，总之非常可怕……事情发生时我一直睡着，如果当时醒过来，发现那男人站在身边……光是想想，我就不寒而栗。"她看上去确实非常恐慌，还在微微发抖。由美子用力握住了女儿的手。

"他不是在逃跑时撞死人了吗？干脆判死刑好了。"敏夫再次说道。


"嗯……案发时森崎礼美在熟睡吗？"听完草薙的话，汤川点了点头，问道。

"她说是被母亲由美子开枪打碎玻璃的声音惊醒的，所以不知道当时发生了什么。"

汤川抱起手臂，一副若有所思的表情。

这时牧田端着托盘走了进来，托盘上放着三个盛着咖啡的纸杯。"怎么样了？"他笑眯眯地问。

"伽利略老师这回也束手无策啊。"草薙拿过两个纸杯，把其中一个摆在汤川面前。

"能让我看看那封邀请信吗？"汤川问道，"就是案犯说森崎礼美给他的信。"

"实物不在这里，不过有复印件。"草薙从杂乱堆积的资料中取出一个文件夹，在汤川面前摊开，"就是这个。"

"是用打字机打的啊？"

"坂木说这是案发前一天邮寄到他家的。我们确实找到了信封，邮票上也盖着邮戳，只是收信人和寄信人都是打印出来的，没有任何证据能证明是森崎礼美寄出的。可能是坂木寄给自己的信，也可能是知道他与森崎礼美关系的第三人出于恶作剧心理寄给他的。"

"恶作剧心理我可以理解，但给自己寄信的理由何在呢？"

"我也不知道，不过我觉得那家伙完全有可能做这种奇怪的事。"

汤川歪着头，目光又落到信上。

那封信的内容如下：

坂木信彦先生：

感谢您一直守护在我身边。尽管如此，我还是无法回应您的感情，这让我备感苦闷。我想跟您见面好好聊聊，可是我们不能在外面公开相会，所以请到我房间来。明天晚上，我会把房间的窗户打开。只要爬上储藏室，应该就能轻易进来了。请您务必小心，父亲不在家，但母亲还在。

礼美

汤川抬起头。"坂木的说法是，他相信了那封信的内容，所以才去了她的房间？"

"是啊，真是愚蠢。"

汤川并没有回应，而是喝了一口纸杯里的咖啡。他的双眼隔着镜片凝视着某处，随后他又将目光转向草薙。"你说是江东区，对吧？"

"嗯？"

"坂木家在江东区，对吧？"

"是的。"

"好，"汤川站起身来，"我们去看看吧。"

"啊？你要去坂木家？现在吗？"

"坐在这里苦恼也想不出答案来。如果真的有答案，想必就潜藏在坂木的童年。"说着，汤川看了一眼草薙，"难道说，你不能带我这种外行人去见案犯家属？既然如此，那我就回去了，毕竟我也是很忙的。"

凭借以往的经验，草薙知道汤川说出这种话时一定是找到了什么线索，于是点了点头。"知道了，我随后向上司汇报。"说完，他看向牧田，"你去把我的车开到门口。"


# 6


"一九一四年的一天，巴尔干半岛的某个神父做了个梦，梦见书房的桌子上放着一封黑色边框的信。"汤川坐在副驾驶座上说道。他们正开车去往坂木信彦家。"那封信是奥匈帝国大公寄来的，信中说，他与妻子在萨拉热窝成了政治犯罪的牺牲品。第二天，这个神父才得知大公夫妇已在萨拉热窝被暗杀了。"

后座上的牧田惊叹了一声。"那是真的吗？"

"据说是真的，但具体情况我也不清楚。总之，跟预知梦有关的故事自古以来就从未断绝过。其中大多数可能都是巧合，不过也有很多难以归类为巧合的例子，而这些例子基本上都能得到充分的解释。比如刚才我说的那件事完全可以这样解释：因为世道不安稳，神父很担心大公夫妇的安危，他内心某处一直在提心吊胆地想，那对夫妇有可能遭到杀害，而那种潜意识就变成了他的梦境。"

"哦……这么听来确实有点道理。"

"你是说，坂木梦见森崎礼美这个名字，背后应该有某种理由？"草薙问。

"没错。"

"可是知道了理由又能怎样？"

"只要知道了理由，不就能破案了吗？"汤川说，"或许会变成与现在截然不同的结果。"

"什么意思？"

"到时候你自然会知道。"汤川意味深长地扬起嘴角。

坂木家面朝葛西桥路这条交通干线，共有三层，一层是办公室兼仓库。现在自然是卷帘门紧闭的状态。

"老实说，我们也不明白他怎么会开始说那种话，不过他那样并没有给别人添麻烦，也比沉迷于什么奇怪的女人要好得多，所以我们就没去管他。没想到竟会变成这样，我们实在是不知该如何道歉……"坂木信彦的母亲富子用手帕擦拭着眼角说。

草薙等人正跟她对坐在办公室一隅。信彦的父亲在案发后气得病倒在床，一直未能恢复。另外，信彦的姐姐香奈子也回到店里帮忙了。

"据说令郎是小学四年级前后开始提起森崎礼美这个名字的，那段时间发生过什么奇怪的事吗？"汤川问道。他已向坂木母女介绍过自己是一名大学老师，热衷于研究各种奇异现象。

"这个……好像没什么特别的。"富子想了想，回答道。

"您对森崎这个姓有印象吗？比如有没有邻居姓这个姓氏？"

"完全没听说过。客户里没有，附近一带应该也没有这样的人家。所以我也很奇怪，信彦是怎么想到那个名字的。"

"当时令郎喜欢到什么地方玩？比如经常出入的商店或人家，您还记得吗？"

听了汤川的问题，富子皱着眉摇了摇头。与其说忘记了，更像是心烦意乱想不起来。

"家里是否有什么东西能让我们了解那段时间的令郎呢？比如日记或相册。"

汤川说完，坐在稍远处听他们谈话的香奈子答道："相册倒是有。"

"能让我看看吗？"

"嗯，请等一下。"香奈子说完走上了台阶。

富子开始仔细折叠放在膝头的手帕，那块手帕已经被泪水打湿了。"请问……信彦会被判多重的刑啊？"她低着头问。

"目前还不清楚。"草薙说，"如果只是私闯民宅还好说，但后面的肇事逃逸……"

富子发出绝望的叹息。"怎么会……他可是个心地善良的孩子啊。"

案犯的家属一般都会这么说——草薙把到嘴边的话咽了回去。

香奈子走下楼，手上多了一本蓝色封面的相册。"就是这个。"

汤川接过相册，放在腿上打开。草薙也凑了过去。第一页是个小婴儿光溜溜地坐在椅子上的照片。"小学四年级的照片大概在什么位置？"汤川一边翻页一边喃喃问道。

"上面应该记录了时间。"香奈子说。

确实，相册随处记录着类似"信彦 幼儿园毕业典礼"的文字。汤川翻到了写有"信彦 小学四年级"的那一页，上面贴着几张运动会和学校旅行的照片。

"好像没什么能提供线索的照片。"草薙说。

汤川一脸不悦地点了点头。

“当时最了解他的人是他的朋友吗？”草薙来回看着富子和香奈子问道。

“嗯……不过他从小就没什么特别亲密的朋友。”富子回答。

“是吗？”

“对，那孩子喜欢一个人玩。”

的确是那种感觉，草薙赞同地点了点头。

这时，汤川突然戳了一下草薙。“喂，你看这个。”

“什么？”

“这张。”汤川指着一张照片说。照片旁边写着“信彦 二年级”。

“这上面写的是二年级啊。”

“你仔细看。”

草薙凝视着照片，上面是站在路旁的幼年信彦。看到他手上抱着的东西，草薙瞪大了眼睛。“咦，这不是……”

“想起来了？”

“当然，是那个布娃娃！”

那是同学录上画的布娃娃，原来是坂木信彦的吗？不过，一个男孩子竟然会有那种东西，实在有点罕见。

“这是有什么特殊意义的东西吗？”汤川向坂木母女询问道。

"啊，我记得那是……"香奈子似乎想起来了，"信彦小时候带回来的，他说是别人送的。妈，你还记得吗？"

"有那种东西吗？"富子好像忘记了。

"这个布娃娃现在还留着吗？"汤川问。

"没有，"香奈子干脆地答道，"被我母亲扔掉了，说那东西不吉利。"

"是我扔的吗？"

"为什么说不吉利？"汤川追问道。

"附近有个女孩被车撞死了，那个布娃娃是她最喜欢的玩具。信彦说，他经常跟那女孩在公园玩，布娃娃就是女孩父亲给他的。"

富子点了点头。"对了，好像确实有这么一件事。"

"你知道那个女孩叫什么吗？"

香奈子摇了摇头。"一点都不记得了，可能一开始就没听信彦提到过。"

汤川点了点头，陷入沉思。草薙完全无法想象他脑子里都有什么想法。不一会儿，只见他抬起头来。"非常感谢，这些信息很有用。"他对母女俩说完，便转头催促草薙，"我们走吧。"


"我想找布娃娃的主人。"回到车上，汤川说道，"能找到吗？"

"应该可以，只要调出过去的交通事故记录即可。不过这到底是怎么回事？你给我解释一下。"

"我现在还不能断定，但那个布娃娃很可能与坂木的预知梦有关。"

"已故女孩的灵魂附在布娃娃上了？"牧田在后面插话道。

若是平时，汤川绝对不会理会这种话，但这次竟面无表情地点了点头。"是啊，有可能。"

"喂，你能认真一点吗？"

"我本来就很认真。"

"要是没有理由，我们也无法行动。调出交通事故记录必须要有相应的说明才行。"

草薙说完，汤川对着前方做了个深呼吸。"那我也不勉强你了。不管这个预知梦的谜题能否解开，对我来说都无所谓。"

"你在威胁我吗？"

"我可没有那个意思，只是现阶段还无法下定论。"

草薙叹了口气。要是汤川现在退出调查，他就更加一筹莫展了。"知道了，我会想办法。"

"还有女孩的父亲。"

"父亲？"

"坂木信彦不是说，是女孩的父亲把布娃娃给他的吗？"

"没错。"草薙发动了汽车。要是说出灵魂附在布娃娃上这种结论来，他真不敢想象上司们的表情。想到这里，他虽然有点害怕，又有几分期待起来。

两天后，草薙拨通了汤川的电话。"查到布娃娃的主人了。"

"我很想夸你做得好，可仔细一想，这本来就是你们的分内之事。"

"这可不是简单的工作。我费了一番功夫跟上头解释，再加上事故记录太久远，查起来也非常麻烦。"

"这一切还不是为了你自己？说吧，到底怎么样？"

"直接说结论，我们猜错了。"

"哦？怎么错了？"

"女孩名叫樱井真子，既不姓森崎，也不叫礼美。"

"是吗，那真是太遗憾了。"汤川平静地说。

"我看你也不是很遗憾。"

"因为我向来不抱有毫无根据的期待。对了，女孩的父亲查过了吗？"

"查过了。事故发生时，他住在坂木家附近，现在好像搬家了，职业是设计师。"

"设计师？设计服装吗？"

"不，据说是插画和书籍装订。"

"那他就是在家里工作了？"

"我倒是没查到那个地步……是又怎么样？"

汤川没有回答，似乎在电话另一端陷入了沉思。

"喂，汤川！"草薙焦急地喊了一声。

"变清晰了。"汤川总算回应道。

"什么变清晰了？"

"案件的轮廓。接下来你该做的只有一件事。"

"什么事？"

"去调查发生交通事故时的情况，要尽可能查清女孩的父亲当时过着什么样的生活。肯定能查出森崎礼美这个名字。"

汤川的话让草薙感到莫名其妙。"好了，光你一个人明白可不行，快告诉我变清晰的轮廓是什么！我可是代表警方说的这句话。"

可能是因为草薙过于激动，汤川忍不住笑了起来。"偶尔听听你粗暴的说话方式也不错。知道了，我们找个地方慢慢聊吧。你可以听完我说的再决定是否要行动。"他说完，又换上了更严肃的语气，"如果我的推理正确，整个案情就要被颠覆了。"

"好大的口气啊，真有这么惊人吗？"

"一点点惊人吧。"汤川的话听上去像玩笑，声音却格外沉重。

几十分钟后，草薙在帝都大学旁的咖啡厅和汤川见了面。

物理学家坐在角落的座位上，对刑警讲述了自己的推理。

那确实是个惊人的故事。


7


草薙来到大门前，森崎由美子正好打开玄关门走了出来。她很快看到了刑警，露出了疑惑的神情。草薙向她鞠了一躬。

由美子看了看四周，走到大门口。"有事吗？"

"我有点事想请教您。您这是要出门吗？"

"嗯，我正打算出去买点东西。"

"如果您没有急事，能占用您几分钟时间吗？"

"这……"由美子犹豫了一会儿，还是笑着点了点头，"好吧，请进。家里有点乱，真不好意思。"

草薙说着"打扰了"，低头走进门内。

由美子说家里有点乱，但摆放着皮沙发的客厅却收拾得整整齐齐，所有东西都放在该放的地方，具有欣赏价值的高级装饰品也都放在了恰当的位置。

草薙想，这家主人肯定很挑剔，森崎敏夫就是那种性格的人。

尽管草薙说了不用麻烦，由美子还是给他端来了红茶和饼干。或许不管对方是什么人,她都习惯于尽到女主人的责任。

草薙喝了一口红茶,那是他从未尝过的味道,连香气都格外不同。他不禁想,这可能是特殊阶层才喝得到的好茶吧。"真好喝。"他毫不掩饰地说。

"您刚才说想问我的事是什么?"

草薙闻言坐直了身子,放下茶杯。他想,等他把话说出来,恐怕就喝不到这好茶了。"此前我应该跟您说过,坂木信彦家在江东区木场吧?"

"嗯。"

"当时我问您是否去过那一带,因为坂木从小就知道令爱的名字,所以我猜想,您家与坂木是否有什么关系。可是您很明确地告诉我,您没去过那一带。"

由美子一言不发地点点头,眼中闪过不安的神色。

"夫人,"草薙凝视着她的眼睛,"您现在依旧能肯定吗?"

"您到底……想说什么?"

"您对这个名字是否有印象?"草薙缓缓拿出记事本打开。其实没有那个必要,因为他早已把名字记在了心里。"他叫……樱井努。"

由美子瞬间瞪大了眼睛,紧接着,她的脸色变得煞白。

"您认识他吧?"草薙又问了一遍。

"不,"她摇着头说,"我不认识这个人。"

草薙点点头，他并不认为对方会轻易承认。"樱井先生目前在千叶经营一间设计工作室，他还是单身。"

"您在说什么？我说了不认识他。"

"樱井先生他……"草薙继续道，"已经承认了跟您的关系。"

由美子如同断电一般愣住了。不一会儿，她凝视着上方的双眼开始泛红。

"大约二十年前，距坂木电气公司步行五分钟左右的公寓里，住着一个设计师，就是樱井努。由于妻子患病去世，只剩他跟女儿相依为命。不过，有一个女子每周都会去找他，那个女子就是您。"草薙一口气说了出来。此时有必要让由美子意识到，他已经把事情的来龙去脉都调查清楚了。

当然，樱井并没有马上承认一切，他一开始也坚称不认识姓森崎的人。他断然否定的态度非常不自然，反倒让草薙确信了他们的推理。

草薙指出樱井与森崎由美子的关系后，樱井的态度才开始动摇。草薙查到，他过去在池袋一所文化学校当讲师，森崎由美子是他当时的学生。书籍装帧的讲座只有寥寥几名学生去听，开设半年后就停了，而那半年里常常只有森崎由美子一个人去听课，他不可能不记得。

由美子的表情扭曲了，可能是想强迫自己露出微笑吧。"为什么？"她问，"为什么现在要提那件事……都过去这么久了。"

"因为跟本案有很深的关系。对此，您应该最清楚才对。"

"我完全不知道您在说什么……"

"您还记得樱井真子小朋友吧？她是樱井先生的女儿。听说真子跟您也很亲，对吧？还总是抱着您送给她的布娃娃。"

听到布娃娃，由美子的表情又出现了变化，好像全身的力气都被抽走了。草薙知道她快放弃了。

"真子还给布娃娃取了名字，这您也知道吧？对，就叫礼美。然后她又想，礼美应该有个姓，但并不是樱井，因为对真子来说，礼美是每周都来看她的那位阿姨的孩子，所以她就给布娃娃用了森崎这个姓氏。"

由美子垂下头，肩膀微微颤抖着。

"想必您也记得真子遇到交通事故身亡的事吧？其后几年间，您依旧与樱井先生保持关系，最后导致你们分开的原因，是您的身孕吗？"

由美子一言不发，草薙将其理解为默认。

"不久，您生下了一个女孩。我还不知道她是您丈夫的孩子，还是樱井先生的，不过您给她取的名字是礼美，和那个布娃娃同名。"草薙感到口干舌燥，但没有去拿茶杯，而是继续说道，"我不知道您取名时的心情，这个名字或许有特殊的含义，也可能对您来说只是个单纯的名字。总之，名字源于布娃娃的森崎礼美小姐在这十六年间一直健康快乐地成长，其间您从未与樱井先生见过面。您认为自己彻底隐瞒了过去出轨的事实，但意想不到的是，一个极具威胁性的男人出现了，那人就是坂木信彦。"

由美子依然沉默着，全身一动不动，看来她决定要听完草薙的话再开口。

"当您从礼美小姐那里得知坂木的住址，还有他十几年前就知道森崎礼美这个名字时，应该非常震惊。直觉告诉您，那个人必然与樱井父女有某种关联，而您的直觉是正确的。"

草薙说出了坂木和布娃娃之间的联系。由美子显然是第一次听说，露出了惊讶又绝望的表情。

"很容易想象，坂木应该从真子口中听到了布娃娃的名字，但坂木的母亲把那个布娃娃扔掉了，这件事在当时对他来说可能是一大打击，不过年幼的坂木很快就忘记了布娃娃的事。两年后的某一天，他脑中突然冒出了布娃娃的名字——Morisaki Remi，这个名字可能触动了他，于是他开始相信世界上有一个叫这个名字的女子，并通过看不见的线与他的命运联系在一起，很快他就给这个名字对应上了汉字。森崎礼美这几个字正好与令爱姓名一致，这并不算什么稀罕事。因为听到这个名字的读音，恐怕大多数人都会想到同样的汉字。"草薙顿了顿，继续道，"您当然不知道这些背景，只认为坂木是个极其危险的人。如果放任不管,您过去的出轨行为很可能会败露。不,您最害怕的应该是不知道礼美究竟是谁的孩子。"

"礼美她……"由美子低着头,痛苦不已地说,"是我丈夫的孩子。"

草薙叹息一声。这并不是现在该讨论的问题。"于是您就想,能否用合法手段除掉坂木,最后得出的结论是通过正当防卫将他杀害,也就是将他引来,待他闯入家里后将他射杀。这样做绝对不会遭到世间的非议,还很有可能受到法律保护,从而逃脱罪责。这的确是个完美的计划,你却没有料到子弹并未击中坂木。"

这时,由美子终于抬起头来。她摇摇头,动作显得十分无力。"不,我怎么会……我没有做过什么计划。"

"我有证据。"草薙刻意摆出平静的表情,"我们仔细分析过引诱坂木私闯民宅的信件。打字机型号和使用的纸张都已查明,在您常去的料理教室里,我们找到了完全符合分析结果的物品。那是讲师记录料理制作方法时用的打字机,对吧?我们还得到证词,说您最近使用过那台打字机。我同事昨天还花了半天时间检查使用过的墨带,那封信的内容就残留在上面。"

草薙把该说的都说了,接下来只须等待由美子的回答。

由美子泛红的双眼开始湿润。泪水涌了出来，随即滑落，她没有拭去眼泪。"能不能告诉我丈夫……礼美是他的孩子？"

草薙没有回答，而是问道："能跟我走一趟吗？"

"好。"她小声答道。


森崎家门前停着一辆车，牧田和两名刑警坐在里面。他们事前接到指令，正在那里待命。

草薙把由美子交给他们，对牧田说："我等会儿再回去。"

牧田点点头，发动了汽车。由美子坐在后座上，茫然地看着前方。

草薙朝汽车驶离的反方向走去。二十米开外的地方停着一辆天际线，汤川放倒了副驾驶座的靠背，正躺在上面。

草薙坐进车里，汤川睁开了眼睛。"结束了吗？"

"嗯。我真不喜欢这工作。"

"正因如此，才能拿到薪水。"

"对了，"草薙看向副驾驶座，"这次又请你帮了不少忙，谢谢。"

"我只是想满足自己的探索欲罢了，没什么可谢的。"

"但如果没听你的推理，我们就不会怀疑到她头上。"草薙回想起听完汤川的推理时，大吃一惊的自己。

汤川一开始便说森崎礼美的母亲很可疑，首要依据是案发过程。"要母亲拿着猎枪走进女儿的房间，前提必须是她清楚地察觉到有人闯入了家中。可是如果对方真的发出了那么大的动静，首先被惊醒的应该是礼美本人，可她一直没醒，案犯也只是走到她床边，没有做任何事。也就是说，那时只有母亲一人发现有危险，甚至拿上了猎枪。这里面难道没有疑点吗？"说完，汤川就开始了大胆的推理。他推测，这个案子可能是有预谋的。"如果母亲的目的是以正当防卫为掩护杀死坂木，那么她的动机何在？我认为是预知梦中隐藏了某些对她非常不利的事。假设十七年前，还是孩子的坂木做那个梦时，他与森崎由美子之间有某种联系，那么两人要产生联系，由美子就必须出现在坂木家附近，而且出现的频率还不低。她隐瞒了这个事实，为什么呢？一个家庭主妇不得不隐瞒曾经去过的地方，能够想到的理由非常有限。"

出轨——草薙与牧田马上就想到了。

"我们是否可以认为，森崎由美子的出轨对象就住在幼年坂木的家附近呢？但一个小学生与成年男人亲近的机会并不多，所以可以设想，那个男人应该是坂木玩伴的父亲。"因此汤川才会让草薙去调查那个父亲当时的生活情况。

"这案子真够离奇的。"草薙把钥匙插进锁孔里，感慨地说，"坂木至今都不明白为何会梦见那个名字，更没有意识到他被布娃娃的回忆摆布了。"

"其实每个人都在被什么东西摆布着。"汤川说完，打了个大大的哈欠，"我知道一家蓝山很好喝的店。"

"在这附近吗？"

"在等等力。"

"好啊！"草薙发动了引擎。

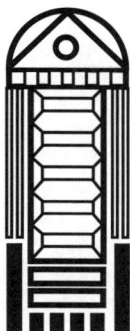
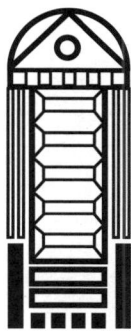

第二章

灵视

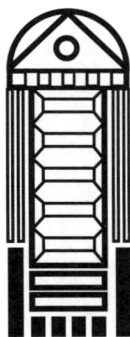
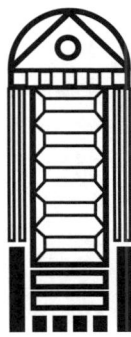

# 1

长井清美穿着一身黄色套装，那种明黄色让人联想到柠檬，清美很喜欢。咖啡厅很大，客人也很多，但那道明亮的色彩让细谷忠夫一眼就看到了她。

"抱歉，抱歉。我正准备下班，科长突然临时安排了工作。"细谷一边抬手致歉，一边在清美对面坐了下来。两人相约七点见面，他迟到了近二十分钟。

清美嘴角下垂，明显很不高兴。"你要是再晚来五分钟，我就走了。"

"我这不是在道歉嘛——啊，我要咖啡。"细谷对走到座位旁的服务员说。你平时动不动就迟到半个小时，偶尔换我迟到一次就是这个态度吗？——他没有说出真心话，因为那种话一说出来，清美肯定会头也不回地离开。

"我都快饿死了。"

"我知道。你想吃什么随便点，别生气了。"

"什么都行？真的吗？"清美的表情发生了些许变化。

"嗯，当然。"

"那，有个地方我一直很想去。"

清美打开古驰包，拿出一张像是从杂志上剪下来的纸片。那是一篇著名法式餐厅的介绍，细谷也听说过那个以价格而非口味为卖点的地方。细谷手头并不宽裕，他心里一沉，但还是不希望清美继续跟他闹别扭了。

"好吧。可那里好像要预约吧？"

"现在打电话不就行了？"

"也对。"细谷拿着纸片站起来，走到店外用手机拨通了餐厅的电话。他满心希望今天预约已满，然而拜经济不景气所赐，他一下就预约成功了。

他回到座位上告诉清美这个消息，清美高兴地笑了。"辛苦你啦。"

看来她总算恢复了好心情。细谷看着清美小恶魔般的微笑，喝了一口服务员送来的黑咖啡。爱情使人盲目啊，他想。


吃完晚餐，清美开始频频查看时间。细谷忍不住也看了一眼手表，刚过晚上十点。"你有事吗？"他问。

"嗯，抱歉，我得回去了。"

"你好像说过要做旅行准备。"

"对，明天就出发了，我还没收拾呢。"清美吐了吐舌头说。

"去新加坡？"

"嗯。"

"该不会是和正牌男友去吧？"

"怎么可能，你别瞎说。我是和上女子大学时的好朋友一起去购物。"说完，清美笑了笑，随即又发愁地皱起了眉，"今晚肯定又要打电话来了。"

细谷马上理解了她的话。"那家伙吗？"

"有可能。我休息时他总是这样。"

"那人也真够死心塌地的。"

"太烦人了，可我又不能对他太冷淡。"

细谷叹了口气。"差不多该跟他讲清楚了吧？否则对他也不好。"

"这我知道，可就是很难说出口。我能把你的名字说出来吗？"

"那也没办法。毕竟这是真的，而且他总有一天会知道。"

"很难开口啊……"清美皱着眉说。

"那我来说吧？"

听了细谷的话，清美露出吃惊的表情，随后又想了想，缓缓点头道："对啊，如果你能帮我，那真是太好了。"

"我尽快跟他说。"

"这不会影响你们之间的友情吗？"清美问了一句。但她说话时一脸笑容，似乎并不替细谷担心，只是有点好奇而已。

"这个到时候再说吧。"细谷说。

离开餐厅，两人走到马路旁打车。很快就有一辆空车驶来，细谷正要抬手，却被清美叫住了："啊，等等。"她从包里拿出一台小照相机，微微弯下腰，把镜头对准了旁边的电线杆。那里有一只小虎斑猫，应该是流浪猫。她按了三回快门，闪光灯也跟着闪了三下。

"你还是这样，去哪儿都带着相机啊。"细谷说。

"是啊，因为说不准什么时候就有按下快门的好机会了嘛。"说着，她把相机收回包里。

两人第一次约会时，细谷就听清美说她最近正沉迷于摄影。她还当场拿出几张作品给细谷看。那些照片确实很好看，但并没有什么特点。细谷想，清美或许是因追求流行才开始摄影的，他并不认为她开个人作品展的梦想可以实现。

"你见到什么都拍，难道不会拍到奇怪的东西吗？"坐进车里后，细谷问道。清美住的公寓在高圆寺，细谷每次都会先把她送回家，然后再回自己位于练马的住处。

"奇怪的东西？"

"比如幽灵照片什么的。"

"哦。"清美点点头，"确实拍到过几次类似的东西。"

"啊，真的吗？"

"只是类似而已，朦胧的白色影子什么的。但我不知道那究竟是不是真的。"

"拍到那种东西，不用请人来驱邪吗？"

"不知道，应该无所谓吧。"说完，清美调皮地看向细谷，"我跟你说，有一次我还想故意去拍那种照片呢。"

"怎么拍？"

"我听说有一个地方，晚上在那儿拍照一定会拍到幽灵，于是就一个人去了，不过特别害怕。"

"那你拍了吗？"

"嗯。"

"拍到了？"

"如果仔细去看，好像能看出灵异的东西。"

"哦？"

"下次我拿给你看吧，不过那张照片真的没什么特别的。"

"嗯，我想看看。"说着，细谷咽了口唾沫。他喜欢灵异方面的话题。

"不过……"清美舔了舔嘴唇，"当时我还拍到了比那更不得了的照片。"

"啊，什么照片？"

"这我不能说，反正是给我带来幸运的照片。"

"什么啊，别吊我胃口了。"

"抱歉，我说了不该说的话，快忘掉吧。对了……"

清美换了个毫不相关的话题，她似乎很后悔向细谷提起"幸运照片"的事。细谷随口应付着她的话，心里还是对那张照片念念不忘。


把清美送回家后，细谷在车里掏出手机，调出小杉浩一的快速拨号画面。

小杉是细谷从大学时代就一直要好的朋友。两人院系不同，却都加入了橄榄球社。尽管已毕业十年，他们依旧是每月至少会见上一次的朋友。

大约一个月前，小杉给细谷打来电话，相约下班后去喝一杯，还说找到了新地方。细谷感到很意外，因为小杉很少主动说出那种话来。

那家酒吧在新桥，顾客多为年轻人，气氛很活跃。见到店里还有几个女招待，细谷更加吃惊了，因为小杉很不擅长和女人说话，而他竟然来到了这种店，无疑令细谷感到非常震惊。

长井清美就在那里工作。她看见小杉，马上就走过来坐到了对面的椅子上。她的长相不算出众，却有种稚气和妖冶并存的奇特气质。那天她也穿着一身黄色的衣服。只看一眼，细谷就被清美吸引了。再看小杉的样子，轻易就能猜到他跑到这里来的理由。他明显对清美有好感。平时跟女人说不上几句话的小杉，此时却拼命想得到清美的关注。

出了酒吧，细谷开始追问小杉。他很快就招了，原来他想跟那个叫清美的女子交往。

"可是一直不能如愿。那种类型的女人该怎么追啊？"小杉挠着短寸头问道。

细谷至今都在后悔，当时为什么不直接对小杉说那种类型的女人不适合他，劝他放弃。如果那天说了，事情可能就不会变得这么复杂。只可惜细谷没有说，而是鼓励小杉："你就努力让她发现你的心意吧！"

与此同时，细谷却背着小杉接近清美。他一个人去过店里好几次，很快就对清美发出了邀约。清美竟然非常爽快地答应了，这让他感到非常意外。"我第一次见你时，也感觉和你特别合得来。"这是两人初次在酒店幽会后，清美对他说的话。

小杉自然对他们的关系毫无察觉，最近甚至给细谷打电话说："我好像终于抓住她的心了。"对此，清美的说法则是："跟以前一样啊，他就是个普通客人而已。"

本想早点把话说清楚，可还是磨磨蹭蹭地拖到了现在。事到如今，该摊牌了。

细谷按下了拨号键。铃声响了两遍，电话接通了。

"你好。"听筒里传来一个男人的声音，但明显不是小杉。

"你好。呃……这里不是小杉先生家吗？"

"是小杉家……啊，听声音，你是细谷吧？"

从对方的声音和语气，细谷猜出了接电话的人。"是山下啊。你在那儿干什么呢？"

"小杉托我帮他看家。不过待在这里无事可做，正觉得无聊呢，要不你也过来吧。你现在在哪儿？"

"我正坐出租车沿七号环状线往北走呢。"

"那就让司机把方向盘往左打。我可等着你了。这里有不少酒，又是难得的机会，今晚跟我喝到天亮吧！"山下自顾自地说完，就挂断了电话。

没办法，只好奉陪了——细谷把手机放回上衣口袋，对司机说："不好意思，我要换个目的地，去久我山。"

小杉住在一栋老旧的排屋里，和邻居家的房子并排成一栋建筑。小楼共有两层，两室一厨一厅的格局，外面有个还算像样的小院子。小杉经常说，住在这里能感受到独门独栋的滋味。

山下在屋里一边喝酒一边等细谷。他也是细谷在橄榄球社交到的朋友，一直工作的设计工作室去年倒闭了，目前正在找工作。

"小杉今天傍晚就出门了，说是采访工作结束后直接开车去大阪。他好像明天一早还有采访，体育记者这份工作也不轻松啊。"山下口齿不清地说。

小杉很有文采，毕业后没有马上找工作，而是在出版社做兼职，同时当起了自由记者。他一开始想找份活干都异常困难，现在则在许多杂志和报纸上都能看到他的文章了。

据山下说，小杉这次去大阪，是为了采访当地一个少年足球俱乐部。

房间的角落里有一只白色波斯猫，细谷从没听说过小杉养猫了。

"这是他一个熟人养的猫，大约一周前就寄养在他这里。这次突然接到了任务，才把我叫过来帮他看家。这么说来，我的主要任务其实不是看家，而是伺候这只猫。"

"原来是这么回事。"

"我以前没养过猫，本来还有点担心，可过来一看发现其实没什么。这猫挺老实的，还会自己上厕所。"

"看家报酬是多少？"

"包含各种经费，每天五千日元。只是在屋子里无所事事地待着，我没什么好抱怨的。我一个无业游民应该感恩戴德了。"山下自嘲地笑着说。

随后，两人一边回忆以前的岁月，一边像喝水似的灌下啤酒、威士忌和日本酒。这份看家的工作还有一点好处，就是冰箱里的食物和饮料可以随便吃喝，酒也能任意饮用。小杉在冰箱里放满了大瓶啤酒，还有未开封的威士忌和日本酒各一瓶。

可能是由于畅饮开始的时间太早，刚过午夜山下就开始昏昏欲睡，凌晨一点时已经打起鼾了，不管细谷怎么摇晃，他都不起来。

真拿这家伙没办法。细谷拉过旁边的毯子给他盖上，准备到二楼去睡。他一只脚踏在楼梯上，按下了墙上的开关，室内立刻变得一片漆黑。细谷没想到这么暗，他也有点醉了，身体一下就失去了平衡，摇摇晃晃地跪倒在地。不好，竟这么不胜酒力。细谷揉了揉脸，想站起来。这时，他瞥到面朝院子的那扇窗户的外面站着一个人，目不转睛地看着室内。他心里一惊，随即更加惊讶不已。

清美？

虽然隔着一层蕾丝窗帘，细谷还是觉得站在外面的人像是清美。那身柠檬黄的套装不正是几个小时前才见过的吗？在户外微光的映照下，鲜艳的色彩在夜色中凸显出来。

"清美……"细谷走向玄关。因双眼尚未适应黑暗，又喝醉了，他不断撞到屋子里的家具。好不容易把门打开，他赤脚跑到屋外。"清美！"他喊了一声。

没有听到清美的回应，细谷又转向窗户的方向，发现清美已经不在那里了。

这是怎么回事？细谷惊疑不定，脑子里一片混乱。清美不可能到这种地方来，她一直在回避小杉。

细谷心里越发不安。他掏出手机，拨通了清美家的电话，没有人接。他紧接着又拨清美的手机号码，结果还是一样。细谷想了想，又拨了另一个号码。那是织田不二子的电话。不二子是清美的朋友，两人住在同一栋公寓里，又在同一家酒吧工作。以前他们几个到卡拉 OK 唱歌时，细谷记下了她的号码。

"喂？"电话另一端传来不二子的声音。

"喂，不二子吗？我是细谷。"

"嗯，这么晚了，打电话来有事吗？"

"不好意思，能帮我去清美那儿看看吗？原因过后再说。"

"去清美那儿？现在？为什么？"

"都说了原因过后再说！总之你快去！"细谷对着电话大喊道。

## 2

"听了细谷忠夫的话，织田不二子莫名其妙地走出了自己的家。她住在三楼，而长井清美的家在五楼。如果她当时选择搭电梯，事态可能会截然不同，她却选了楼梯。"

说到这里，草薙停下来看了看汤川。汤川正坐在那里磨着指甲，两脚放在办公桌上。

地点依旧是帝都大学理学院物理系第十三研究室。现在正是上课时间，学生们都不在这里。

"喂，你在听吗？"

"当然。接着说吧，她选择走楼梯，然后呢？"

"她目击到一名男子从四楼跑下二楼。那人一头短寸，身穿灰色夹克。织田不二子对那人的侧脸感到似曾相识，好像是经常光顾新桥那家店的客人。可能是由于太匆忙了，男子并没有发现她。不二子感到很奇怪，继续走向长井清美家。她按了门铃，没有人回答，又试着转动门把手，发现门没有上锁。"

"接着就发现尸体了吗？"

"她看到长井清美倒在洗手间里，就马上报警了。"

"接下来便是著名刑警草薙巡查部长①一行的登场了吧？"汤川笑眯眯地说。

"没错，但很遗憾地告诉你，我们几乎没有什么戏份。等我们赶过去时，嫌疑人的身份已经确定了，逮捕也只是时间问题。"

"就是织田不二子目击到的男子吗？"

草薙点点头，目光落到记事本上。"是体育记者小杉浩一。正如我刚才所说，他是细谷的朋友，正在追求长井清美。他被我们锁定时，已经跑到东名高速公路上了。要追捕他自然不困难，因为我们早已知道他的目的地，只要派侦查员到大阪蹲守就好了。"

"小杉承认罪行了吗？"

"一开始他想否认，可我们一暗示有目击证人，他就老实交代了。"

"从他给人的印象来看，不像是有预谋的犯罪。"

"没错，是典型的激情杀人。"

那天晚上，小杉站在长井清美家门前等她回来。将近十一点时，她出现了。小杉提出要跟她进屋详谈，她一开始拒绝了，后来可能觉得那样下去会没完没了，最终还是让他

---

①日本警察的警衔由上向下分为警视总监、警视监、警视长、警视正、警视、警部、警部补、巡查部长、巡查。

进了屋。小杉拼命向她表白，希望能与她交往，并坦言是认真的，想以结婚为目的和她在一起。

然而长井清美断然拒绝了他的请求，并用非常冷淡的口吻说："我在你身上感觉不到任何吸引力。"

尽管如此，小杉还是纠缠不休，甚至说："能否先交往一小段时间？我会努力让你感受到我的魅力。"

闻言，长井清美脸色骤变。因为小杉是店里的熟客，她才一直比较克制，但此时她已经失去了控制。"别开玩笑了！谁要和你这种土里土气的人交往？我对你和颜悦色完全是因为你是客人，麻烦你不要自以为是了！"

她说了一连串伤害小杉自尊心的话，嘴角还露出一抹浅笑。见此情景，小杉失去了理智。

"等他回过神来，已经掐住了长井清美的脖子。"

"确实是典型的犯罪，或者说是典型的杀人行为。"汤川脸上的表情异常严肃。

"是吗？"

"难道不是吗？现实中的杀人案大多都不会像小说中那样经过缜密地计划，而是大吵一架，失去理智，一时冲动把对方杀了。杀人可是非同小可的事，若让一般人来做，还是需要戾气或冲动这种脱离常态的精神刺激才能完成。"

"确实是常见的模式。"草薙揉了揉鼻子。

"你做了这么多铺垫，到底想干什么？我认为这里面好像没什么问题。"

草薙惊讶地看着一脸淡然的汤川。"喂，你到底有没有认真听我说话？听好了，案件曝光的契机，是细谷看到了长井清美，时间是凌晨一点前后。而当时，长井清美已经被小杉杀害了。对此你怎么想？"

"什么怎么想？"

"你不觉得奇怪吗？"

汤川抱起双臂，把脚放了下来，开始坐在转椅上左右转动。"嗯，我觉得是巧合。"他停下动作，冷静地说。

"巧合？怎样的巧合？"

"那个叫细谷的人当时喝醉了，甚至可以说是半梦半醒。在那种状态下，他神志不清地梦到了自己的恋人。等他突然醒来，打电话过去时，恋人家里刚好发生了杀人案，就是这样。"

"我们科长跟你意见相同，说细谷可能是做梦或出现幻觉了。"

"哈哈。"汤川大笑道，"我总能和你们科长想到一起。"

"可细谷一口咬定那绝不是做梦。"

"看来除了科长，其他人都相信了他的话。能有如此变通能力，看来警察的未来一片光明。"

草薙撇着嘴挠了挠脸。"这可不是开玩笑。如果按照现在的情况，报告书就要变成鬼故事了。说出来你可能不信，有些侦查员还认为是被害人的灵魂去给细谷报信了。"

"那不是很有趣吗？办案也需要幽默精神。"

"你肯定不是真心这么想的吧？想挑战一下这次的谜题吗？"

"谜题……还不知道那究竟能否算是谜题。"汤川起身走向窗边。春日的暖阳从窗帘缝隙间照射进来，让他身穿的白大褂看起来异常耀眼。"就算细谷没有神志不清，也很有可能是产生幻觉了。不，说成幻觉有点夸张，应该是看错了，或者错觉。"

"你是说他把什么东西错看成了恋人？"

"很久以前就有人把风吹起来的毛巾错看成了幽灵。当时细谷刚与恋人结束约会，心里还一直想着她。随后，在黑暗中意外摔倒，这又让他心情慌乱起来。当他抬头看向窗外时，视野中出现了某个东西，若他当时毫不慌乱，必定能冷静分析出那个东西到底是什么，比如只是某种物品映在窗户上的影子。但当时他的精神状态并不稳定，所以很难说他不会把窗户上映出的物体错看成恋人。"

"而在同一时间，他的恋人碰巧被人掐死了？"

"所以我才说是巧合。"汤川说。

草薙长叹一声。"结果还是只能这样解释吗？"

"你有什么不满？"

"就算不满也没办法啊，否则这起案子就是幽灵作祟了。"

"世界上总会出现这种低概率的巧合，我认为没必要强行解释。"汤川大步穿过房间，走向水槽。"对了，你要喝咖啡吗？"

"算了吧。"反正也是速溶的——草薙把这句话咽了回去，"不过媒体要是知道了这件事，肯定又要大肆报道，借机渲染成灵异事件，这样好吗？"

"那有什么办法，信仰是自由的。"

"那我就这么和科长说吧！"草薙看了一眼时钟，起身说。

"还有别的事吗？"汤川一边点火烧水一边说。

"别的事？"

"关于案子的疑问。虽然这案子看起来十分简单。"

"嗯，要说奇怪之处就只有幽灵的部分了。哦，还有一个值得注意的细节，被害人欠了一屁股债。"

"欠债？"

"目前尚未查清具体金额，不过至少也有四五百万。她好像在不少地方都借了钱。但看她家里的情况，被害人的生活似乎非常奢侈，是个痴迷名牌的人。"

"被害人欠了很多债……"汤川喃喃自语，随即又问道，"死因没有可疑之处吗？"

"没有。她手腕上有很浅的伤口，但好像关系不大。"

"手腕上有伤？"汤川停下往杯里倒咖啡粉的手，转过头来，"哪只手？什么样的伤？"

"好像是左手腕。不是什么严重的伤，只是贴着创可贴。"

汤川一言不发地握着咖啡勺，陷入沉思。不一会儿，水壶发出了呜呜的响声，开始往外冒热气。

"水开了。"草薙走过去关掉煤气灶。

汤川拿着咖啡勺指向草薙。"你有个坏习惯，最重要的事总在最后才说。要是刚才听到这些，我就会给出另一种解答了。"

"怎么了？手腕上的伤很重要吗？"

"有可能。"汤川像挥舞指挥棒一般挥着勺子说，"好了，快带路吧，去那个闹鬼的房子。"


3


两人来到小杉居住的排屋前，草薙把白手套递给汤川。"科长已经批准我带你进去了，并请你务必给出符合逻辑的解释。还有一点可能不怎么重要，触碰里面的东西前，先把这个戴上。"

汤川点点头，戴上了手套。"不留下指纹是很重要的。你现在可能不这么认为，但我的想法并不一样。你们可能还要把这里重新调查一遍。"

"闹鬼风波跟案子本身应该没有本质关系吧？"

"我接下来就是要查明这点。走吧。"汤川说。

小杉被逮捕后，草薙到这里来过一次，为的是找当时还在这里看家的山下恒彦问话。山下的证词与小杉的供词内容完全一致。

问话时，屋子里到处散落着啤酒瓶和零食包装袋，不过山下离开前似乎打扫了一番，今天在门口一看，室内还算比较干净。白色波斯猫应该是还给了饲主。

"还真是单身汉的住处。"汤川扫了一眼没有任何装饰，显得毫无情趣的室内。

"根据山下和细谷的说法，这里确实没有女人来过。他们还说小杉很可能从来没跟女人交往过。据说只有在对方是女运动员的情况下，他才能毫不紧张地说话，而且话题仅限体育竞技。"

"这个人简直如同古董，我们那个年代的体育大赛上都找不到像他这样的人。"汤川苦笑着说。他跟草薙曾加入帝都大学羽毛球社。

"所以细谷见小杉对一个女招待如此狂热，也感到非常意外。不过细谷也说，正因为以前从来没接触过女性，一旦迷恋起来反而会更要命。对此我也有同感。"

"小杉与被害人相识的契机，仅仅是他走进了一家酒吧？"

"小杉本人是这么说的，他只是心血来潮走了进去。可能正因为这样，更让他感觉那是命中注定的邂逅。"

"命中注定……"汤川摇着头走进室内，首先注意到的是斗柜上摆放的音响器材，"这套设备不错，是去年才出的，造型简单，音质的还原能力却非常高。"说完，他打开电源，按下了播放键。听着音箱里流淌出的旋律，汤川意外地瞪大了眼睛。"真让人吃惊，竟然是《睡美人》，这完全不符合他的形象。"

"别管这种事了，快给我解开幽灵之谜吧！"

"你先别急。"汤川微笑着把厨房的碗柜等家具都看了一遍。

草薙不明白汤川怎么突然关心起这件幽灵目击案了，好像跟被害人手腕上的伤有关，可他同样不明白这两件事到底有什么关系。以往的经验告诉草薙，这种时候最好不要乱提问题。

环视一楼后，两人又上二楼看了看。二楼有两个分别为六叠和四叠半大的房间。小房间似乎是卧室，里面只有一个小储物柜，壁橱里放着略显陈旧的被褥。大房间是西式的，被布置成了工作室，摆放着电脑桌、写字台和椅子，四周围了一圈书架。书架上放着几个文件夹，贴有标签，上面写着"职业棒球1""大学橄榄球""田径"等标记内容，还有"花样滑冰""击剑"等体育资料。

"没有羽毛球啊，这种竞技项目很小众吗？"汤川问。

"我说，你看这些没有意义吧？细谷看见幽灵的地点在一楼，我们赶紧下去做实验吧！"

汤川隔着镜片瞪大眼睛看着草薙。"做实验？你要我做什么实验？"

"我怎么知道？比如错觉实验什么的，我们来这儿不就是为了做实验吗？"

"太好了，原本对理科表现出强烈抗拒的你，如今竟然会说这种话了。"汤川拍了拍草薙的肩膀，走出房间向楼下走去。草薙觉得自己被耍了，但还是追了上去。

回到一楼客厅，汤川面朝窗户站在那里。"只有几米远……虽说人可能会因多疑而做出错误的判断，不过这个距离应该不会看错。确认过细谷的视力吗？"

"我问过了，双眼的裸眼视力都在 0.7 左右。"

"0.7……"汤川低语道。

音响依旧在播放古典乐的旋律。草薙转动旋钮想把音量调低，却突然有杂音响起。

汤川看向他。

"呃，我只是想把音量调低一点。"草薙说。

汤川没有理会他，而是径直走向音响，转起了旋钮。每次转动都会听到噼里啪啦的杂音。"草薙，你身上有小杉的照片吗？"

"我没带过来。"

"那小杉大概长什么样？听你之前说的话，他好像不怎么注重外表。"

"确实，说白了就是那种不修边幅的人。"

"发型呢？"

"毫无特点的寸头。"

"哦……"汤川点了点头，随后勾起嘴角，露出了意义不明的微笑。

"他的发型怎么了？"草薙问。

汤川又环视了一遍室内，好像在思考什么。不一会儿，他的目光回到音响上，用力点了点头。"草薙，这个案子可能需要重新调查了。"

"你说什么？"草薙瞪大眼睛，"难道凶手另有其人？"

"不，凶手恐怕还是他，但整个案子的性质可能会彻底改变。"

"性质？"

"目前警方不是将这起案子定性为激情杀人嘛，事实当真如此？"

"如果不是激情杀人，难道是有预谋的？怎么可能！"草薙笑着说，"谁会做这么复杂的杀人计划？这一切看上去都像临时起意。"

"我说过，细谷产生某种幻觉的同时发生了杀人案，实在非常巧合。当巧合发生时，就要设想这是否可能是一种必然，这在科学界已经是常识了。我们要假设在这里出现幽灵和同一时刻的杀人行为，有可能是一开始就计划好的。这样一来就会发现，这种解释更为合理。"汤川语气肯定地说，露出科学家那种坚定的目光。

"合理？"

"听了你的话，我感到有几处疑点。首先是被害人让小杉进入家中。无论对方如何纠缠，一个独居的年轻女人都不太可能让并不喜欢的男人轻易进入家中。我认为，小杉可能是硬闯进去的。"

"他要是硬闯，被害人应该会大声呼救吧？"

"当时被害人可能连喊的机会都没有。小杉以前不是打过橄榄球吗？只要他动真格，要捂住被害人的嘴、夺取钥匙进入室内并不困难，至少比说服她让自己进去要容易得多。如果不靠蛮力，还可以使用氯仿。"说到这里，汤川自顾自地点了点头，"没错，氯仿更好。这样一来，手腕上的伤也能解释了。"

"我还是不明白手腕上的伤有什么特别之处。"

"这是我注意到的第二个疑点。你觉得日常生活中，人就算再不小心，意外割到手腕的可能性有多大？如果不是意外，那就是自杀未遂？可从你的话来推断，长井清美并不是那种性格的人。"

"所以呢？"

"将其解释为凶手小杉所为恐怕更为合理，他想把长井清美的死伪装成自杀。如果进入被害人家中时使用了氯仿，失去意识的情况下，即使手腕被割伤，被害人也不会做出抵抗。"

"可他实际上是把对方掐死的。"

"可能是失算，比如他没有成功切开血管。我听说割腕自杀在现实中是很难实现的。"

"是的。割腕虽然听上去很夸张，但多数人只是切开了表皮。踌躇伤就属于这种情况。"

"凶手正设法割断被害人手腕的血管时，她醒了过来，于是凶手一时惊慌，便把她掐死了——这个推理怎么样？"

"嗯……"草薙低吟了一下，"如果像你说的那样，现场应该留有血迹才对。"

"肯定是被小杉擦掉了。你们警方一见到死因是扼杀，肯定没做鲁米诺反应之类的检测吧？"

"这……"有可能，草薙心想。

"我认为这是一起故意杀人案，以上就是我的依据。小杉之所以不说真话，是因为同样被捕，激情杀人的刑罚较轻。"

草薙赞同汤川的说法，故意杀人会从重论处。"那你的意思是，这里出现幽灵并非巧合？"

"是的。"汤川若无其事地说。

"不过，犯罪行为被曝光的契机就是那个幽灵啊。"

"因为，"汤川说，"事情往往很难按照人制定的计划发展。"

"这到底是怎么回事？给我解释清楚啊！"

"只要查明预谋的内容，你自然就明白了。首先你们应该考虑的是动机。专门制定计划去杀人，是需要动机的。"

"我们调查过。可是小杉和长井清美除了是顾客和女招待、痴情男和被痴情男喜欢的女人之外，再没有任何关系了。"

"你能保证没有遗漏吗？"汤川问。他的脸上带着笑意，语气却很尖锐。"你不是说被害人债台高筑吗？把这方面也调查一下如何？还有猫和看家的人。"

"猫和看家的人？什么意思？"

"案发当晚，小杉家不是寄养了一只猫吗？临时接到任务时，他就不得不请个人来看家，这真的是巧合吗？值得重新调查一番。"

"难道这也是小杉的计划？"

"假设幽灵也在他的计划之中，就很有可能。"汤川用中指推了推眼镜，"不，应该说是确定无疑。"

## 4

"哦，那张照片清美给我看过。"织田不二子坐在高脚凳上，短裙下的双腿交叠在一起。她的指间夹着香烟，指甲很长，涂成了银色。

草薙坐在新桥的酒吧"TaToo"里。这里是长井清美工作的地方，时间是下午六点四十分，店内没有客人。

"你还记得那是什么样的照片吗？"

"记得，很瘆人。她说是在多磨陵园旁边拍到的，照片里有棵奇形怪状的树，旁边还有一团像白烟一样的东西。清美说那可能是幽灵，但我也说不清楚。"

"多磨陵园……你还看过其他照片吗？"

"没有。她说还拍了几张，但没有拍到像幽灵的东西。"

"先不管幽灵了，她有没有跟你说过拍到了有意思的东西？"

不二子歪着头想了想，随后摇摇头。"应该没有。"

"是吗？对了，那是什么时候的事？"

"你说清美给我看照片吗？还是她拍照的时间？"

"如果你都知道就更好了。"

"给我看照片大概是两个月前。我记得她说，拍照时间是去年十二月。"

"十二月，那就是四个月前？"

"没错。她说离平安夜还有一个礼拜，所以是十二月十七日。当时她以为心仪的对象约了别的女孩子一起过平安夜，就气呼呼地一个人开车出去兜风，顺便拍了几张灵异照片。"

十二月十七日，多磨陵园——记下这些信息后，草薙向不二子道谢，离开了酒吧。

距离跟汤川碰面的日子已经过去了三天。草薙按照汤川的建议，重新调查了长井清美的债务等情况后，竟然有了意外发现。长井清美这两个月间偿还了大约二百万元债务，但金钱来源全部不明。唯一可以肯定的是，她此前并没有任何积蓄。

难道她突然有了一笔收入吗？草薙就此询问过细谷忠夫，得到的竟然又是充满诡异色彩的回答。

据细谷说，这段时间喜欢上拍照的清美在前往某地拍摄灵异照片时，碰巧拍到了一张不得了的照片，她还将其称为"我的幸运照片"。细谷声称他没看过，不过跟清美关系很好的织田不二子可能看过，于是草薙便到 TaToo 去找她了。

但是，从刚才的对话来看，不二子也没见过那张关键的照片。

离开 TaToo 后，草薙决定去一趟帝都大学。他并不想马上返回搜查本部，科长虽然尊重他希望深入调查作案动机的意愿，但本部还是弥漫着调查已经基本结束的气氛，别的侦查员都对他有些冷眼相待。

"嗯……十二月十七日，多磨陵园？"听了草薙的话，汤川坐在电脑前，飞快地操作起了键盘和鼠标。

由于显示器背对草薙，他看不见屏幕上的内容，不过就算能看见，他也无法理解汤川在做的事究竟有什么意义。"你觉得幸运照片是什么意思？会不会是抓拍到很厉害的画面，被大赛选中了，然后她就用奖金来还债了？"

听完草薙的猜测，汤川嗤笑一声。"从长井清美这个人的性格来考虑，如果真有那种事，她一定会四处炫耀。而且照片被大赛选中怎么可能会有二百万奖金？"

"嗯，有道理。"草薙挠了挠头。

"在长井清美家里没有找到那张照片吗？"汤川目不转睛地盯着电脑屏幕说。

"嗯，搜查的时候没有找到，底片和照片都没有。"

"看来照片与案子相关的可能性很高。"

"为什么这么说？"

"难道不是吗？本应该有的东西，案发后就不见了，当然可以认为两者相关。"

"啊……"还可以这样想？草薙看着汤川，心想。

"关于猫和看家的人，你查到什么了？"汤川问。

"查过了，确实有几个疑点。"草薙掏出记事本翻开，"猫的饲主是附近的书店老板，他们夫妻经营着那家小店，跟小杉是熟人，猫也跟小杉很亲近。之所以把猫交给小杉寄养，是因为两人要到加拿大看儿子和孙子，会离开十天左右。儿子是被派遣到那里工作的。"

"现在经济这么不景气，那可真够奢侈的。不过并不算奇怪。"

"我还没说到重点呢。小杉似乎是主动提出替他们养猫的。书店老板原本打算把猫送到世田谷的亲戚家，听到小杉的提议，觉得离家近点更好，就决定交给他了。当然，这种事此前从未发生过。"

汤川点点头。"你接着说。"

"另一方面，案发当晚小杉出发到大阪采访，是出版社的指示，但我询问详情后发现，那根本不是临时安排的，而是早就定好要在那段时间进行的。小杉本人应该也知道。"

"换句话说，"汤川抬起头，"养猫和采访两件事撞到一起，很可能是小杉刻意安排的。"

"他的目的是什么呢？"

"很简单。家里养了只猫就不能没有人照看，他必须请人看家。"

"难道请人看家就是他的目的？为什么？"

"还用说吗？当然是为了让那人看见幽灵。"说完，汤川摇了摇头，"不，不应该称其为幽灵。"

"我根本听不懂你在说什么。"

"过后再跟你解释。你先看看这个。"汤川指着电脑屏幕说。

"这是什么？"

"是我查到的报道。你读一下这里。"

草薙读起了汤川给他指的那些字。一开始他还有点怀疑，但很快就兴奋起来。那则报道内容如下：

　　十八日午夜零点四十五分前后，府中警察局接到报案，称一男子倒在府中市××市道，警察赶到现场，发现一名六十岁左右的男子被机动车撞倒后身亡。男子头部遭到猛烈撞击，经鉴定为当场死亡。该警察局目前已将事故定性为交通肇事逃逸，并展开调查。调查结果显示，男子在横穿马路时遭到机动车冲撞。事故现场在多磨陵园旁，夜间几乎无人通行。

草薙深吸了一口气，说道："原来是这个啊！"

"地点、日期、大致时间全都吻合。"

"等一下，难道长井清美拍到肇事者逃逸的照片了？"

"可能性非常大，而且那张照片还成了她的幸运照片。"

草薙已经明白了汤川的意思。"所以她在敲诈肇事司机。"

"这样一来，她突然得到两百万巨款也就不足为奇了。"汤川冷静地说。

"如果事故跟这次的杀人案有关……那么肇事司机就是小杉？"

"应该不是他。如果是，那就成了小杉强迫敲诈者跟他交往。"

"不是小杉会是谁？小杉的家人？还是……"

"恋人。"汤川说，"哪怕让他杀人也要全力保护的对象，一定是他深爱的女人。"

"可小杉不是对长井清美……"说到这里，草薙恍然大悟。小杉一开始接近长井清美就出于别的目的。"不过小杉家里并没有任何伴侣的痕迹啊。"

"当然没有，那些痕迹事先已经被清除了。"

"是吗……"草薙喃喃道，"那要怎么找到那个人？还是只能慢慢排查相关人员吗？"

"或许只能那样了，但我认为工作量不会很大，毕竟范围已经缩小很多了。"

"真的吗？"

"你忘了？只有在对方是女运动员的情况下，他才能毫不紧张地说话，这可是你自己说的。"

"对啊。不过就算是女运动员，也数不胜数啊。"

"没错，但三更半夜开车经过那种地方的女运动员没有几个吧？"

"我听说实业团①的运动员会在下班后训练到很晚。喂，这里有公路地图吗？"草薙看向书架。

"有最新版地图。"汤川操作起鼠标，几秒钟后，屏幕上就出现了彩色的东京地图。草薙还没来得及目瞪口呆，汤川已经把地图放大，显示出府中市周边。

"过于依赖文明利器，可是会让人类自身慢慢退化的。"草薙很不服气地说了一句，随后凝视起画面，"府中市也太大了，拥有实业团的公司肯定不少，而且那个女运动员也有可能来自别的地方，只是碰巧从府中市经过。"

"如果只是经过，还有很多大路可以走。她会选择那么偏僻的路，说明其出发点或目的地必然就在那附近。"

"但这也太难找了……"草薙的目光在屏幕上游走。他感到眼睛有点发酸，正抬手想揉眼睛时，一行字突然跳入视野。"啊！"他叫了一声。

---

① 企业中由职员组成的各类体育社团。

"找到什么了？"汤川问。

草薙指着地图。"会不会是这个？"他指的是一座建筑物，旁边标注着"弗兰德冰场"的字样。

"原来如此，冰场吗……"

"听说奥运会参赛选手都会在营业时间以外去这种地方训练。"

"小杉家书架上确实有本花样滑冰的文件夹。"说着，汤川点了点头。


## 5


看着前田千晶即将切入转体两周半的跳跃动作，金泽赖子忍不住握紧了拳头。前田抬起右腿跳跃，回旋的体态很好，但落地时稍微失去了平衡。

"速度不够，蹬冰力度也不足。"

可能是听到了指示，千晶的滑行速度变快了。连跳这个动作她做得很完美。

弗兰德滑冰俱乐部里的中小学生加起来有二十人，其中正在上初二的前田千晶显得尤为特别。可以说，赖子已经把赌注都押在了千晶身上。想办法把这孩子送到世界的舞台上，是她内心深处的愿望。

负责指导小学生的石原由里走了过来。"金泽老师，有客人来了。"

"现在？谁啊？"

"他说……他是警察。"

"警察……"

石原由里指了指身后。只见入口处站着两个身穿大衣的男人，其中一人朝赖子点了点头。她心里顿时一沉。


两名刑警分别姓草薙和牧田，草薙看起来职位更高。赖子把两人带到放有自动售货机的休息室里坐了下来。

"我就直接进入正题吧，想必您认识小杉浩一吧？"草薙问道，"也知道他犯案的事？"

赖子知道此时装傻并非良策。"嗯，知道一点。"她回答。

"关于他的案子，您是什么时候、在什么地方得到消息的？"

"什么时候……嗯……应该是第二天吧。我从电视新闻上看到的。"

"您一定很吃惊吧？"

"那是当然……"

"由于打击过大，您还请假了吗？"

"啊？"

"案发第二天，您没来这里上班，对吧？刚才我已经去人事那边问过了，他们还说您身为主教练，很少请假。"草薙语气柔和，但说出的话丝毫不饶人。

得想办法糊弄过去，赖子想，如果此时不忍耐，一切就都没有意义了。"我只是身体不舒服，与小杉先生的事情没有关系。"

"但我听说您跟嫌疑人小杉关系十分亲密。即使没有采访，他也经常到这里来。"

"那个人很关注我们这里的前田千晶，并不是……来见我的。"赖子忍不住提高了声音。

"是吗？对了，案发时间是本月十日深夜到十一日凌晨，我听说俱乐部十日休息，是吧？您那天去哪里了呢？"草薙语气随意地提出了关键问题。

"我就是那天开始感觉不太舒服的，一直待在家里。"

"一步也没出去过吗？"

"是的。"

"如果您能给出证据，那再好不过了。"草薙和善地看着赖子。

赖子皱起了眉。"这到底是怎么回事？难道你怀疑我那天做了什么吗？"

草薙脸上的笑容瞬间消失了。"案发当晚,有人在一个奇怪的地方目击到了疑似你的身影,那个地方就是嫌疑人小杉家。当然,目击者并不知道那是你,而是将你错认成了长井清美小姐。"

　　赖子感到胸中一阵钝痛。"怎么可能?我为什么要到那里去?"她控制不了面部的抽搐。

　　"我们认为,你是为了帮嫌疑人小杉伪造不在场证明。"

　　"你说什么……"

　　"我们的推理是这样的:你假扮成长井清美小姐,准备那天凌晨一点去嫌疑人小杉家。他本人自然不在那里,家里只有他请来看家的山下先生。山下先生不认识长井清美小姐,只要你自称长井清美,他一定不会对你产生怀疑。你原本的计划是,让山下先生告诉你小杉不在家,然后马上离开。另一边,嫌疑人小杉则在稍早前将真正的长井清美杀害,然后将现场伪装成自杀。完成这些工作后,他再在凌晨一点左右与工作伙伴会合。如果这一切能成功,嫌疑人小杉就会拥有完美的不在场证明。当然,警察会向山下先生出示长井清美本人的照片,询问他见到的是否为这名女子。然而人类的记忆是模糊的,如果外表完全不同还好说,要是可以模仿一个人的穿着、发型甚至化妆习惯,再加上年龄与体形都相差无几,想必山下先生会很难断定当晚来访的是另一个人。你们赌的就是这种模糊的记忆。"

"别开玩笑了，我怎么可能做出那种事？"赖子拼命保持冷静，但她的声音已经因绝望而颤抖了。

"你有手机，对吧？"草薙说，"嫌疑人小杉也有一部。我们查到，案发当天凌晨一点十五分，他给你打过一通电话，通话时间约为五分钟。请告诉我，当时你们都说了什么？"

电话——

赖子想起了当时的电话铃声。考虑到会留下通话记录，两人曾商定只要不出意外，尽量不通话，但铃声还是响了起来。直觉告诉她，一定是那边的计划失败了。

赖子低下头。她必须想办法应付当下的局面，可是面对很有可能已经进行过全面调查取证的刑警，她该如何辩解呢？她转念又想，只让他一个人获罪，这样真的好吗？

这时，草薙突然说道："这一切的原因，就是那次交通肇事逃逸吗？"

赖子不禁抬起头来，对上了草薙柔和的目光。

看到那双眼睛，她的心防彻底崩塌了。


草薙说得没错，一切的开端正是在那个寒冷彻骨的日子里发生的事故。

赖子根本没想到那种地方还会有人突然横穿马路，当时她满脑子都想着进入瓶颈期的前田千晶，因此踩刹车的动作就慢了零点几秒，只见在车前灯的光芒中，一个人飞了起来。

她赶紧下车查看情况。倒在地上的是一名男子，看上去已经动弹不得。他死了，他被我杀死了——她浑身的血液开始倒流。

等回过神来，赖子已经逃离了现场。对不起，对不起，我还有许多尚未完成的事——她在心里不断为自己辩解。

在那以后，警察不知何时就会找上门来的恐惧一直支配着她的内心。她意识到自己罪孽深重，恐惧也与日俱增。

但警察并没有来，而是长井清美出现了。她给赖子看了一张照片，上面清楚地拍到了赖子在事发现场下车的瞬间。赖子当时确实感到了一阵闪光，但没想到是有人拍照，而且也无暇去确认。那张照片甚至把她外套上印的滑冰俱乐部的名称都拍得一清二楚。这也是清美能找到肇事者的原因所在。

"先给我一千万吧。"清美说。这便是她要的封口费。

"先给你一千万是什么意思？难道你以后还要敲诈我吗？"

"那我可不知道，等到时候再决定。"

赖子说她拿不出这么多钱，清美则表示可以分期支付。"你动作要快点，我这边欠的债又增加了，正发愁呢。"她的语气甚至称得上天真无邪。

赖子便从银行取了两百万交给她。

"等你凑到钱，记得再联系我。如果我等得不耐烦了，还会再来找你的。"清美把钞票塞进包里说。

这样下去肯定不行，自己会被纠缠一辈子。百般烦恼过后，赖子决定找小杉求助。两人的亲密关系已经持续了将近一年，但还没有别人知道。

面对交通肇事逃逸和敲诈这两个难题，小杉也露出了苦恼的表情，但他最后还是说："我来想办法吧！"

赖子觉得他的声音听上去比任何时候都要可靠。

然而小杉的计划实在太莽撞了。他打算接近清美，和她熟络后，伺机夺走赖子交通肇事逃逸的证据。但那对缺乏与女性交往经验的他来说，显得异常困难。

不久，清美给赖子打来了催款电话，要求她这个月内至少要拿出一百万，否则就把照片交给警察。

做出最终决断的是小杉。他说："只能让她从这个世界上消失了。"

"不过……那能行吗？"

"没问题。我以前从未在最紧要关头失手过。"

小杉想出来的计划十分复杂。最让赖子震惊的是，她竟然要假扮成清美到小杉家去。

"别担心，我请来看家的山下性格很马虎。你跟清美体形差不多，只要模仿她的穿着和发型就能轻松骗过他。"

"穿着……"

"她的代表色是黄色。只要穿着黄色的衣服，无论是谁都会觉得山下看见的女人就是清美。"

"可如果她死的时候穿着另一身衣服，警察不会怀疑吗？"

"清美是在家里自杀的，人们只会以为她回家后换上了家居服。万一她穿着其他颜色的套装，我会想办法给她换掉。"

两人还商定，等赖子见到山下，就尽量摆出严肃的表情对他说是来找小杉商量欠债一事的。这样就能在替小杉伪造不在场证明的同时，让清美自杀看上去合乎情理。

最关键的伪装成清美自杀的办法听起来十分冒险。小杉准备躲在清美家门口等她回去，用乙醚让她失去意识，再找出钥匙进入屋内，翻出赖子交通肇事逃逸的证据，最后割伤她的手腕泡在浴缸里。

小杉说，虽然冒险，但不得不做，否则他们迟早会失去一切。

他都说到了这个地步，赖子也只得听从。毕竟所有责任本来就在她身上。

终于到了执行计划的那个夜晚。赖子坐出租车来到小杉家附近，做了个深呼吸，朝他家走去。当时已近凌晨一点，她正准备按下玄关的门铃，里面传来了隐隐约约的说话声。

她听见有人说道："喂，山下！你睡着了吗？"她立刻意识到里面还有别人，于是焦虑起来——如果对方不止一人，不就更危险了吗？

很快，屋子里的灯就熄灭了。

赖子站在窗边想窥视里面的情形，看看究竟还有谁在。这时，她突然与一个站在黑暗中的男人四目相对。紧接着，对方还叫了一声"清美"。

那个人认识长井清美——赖子瞬间意识到这一点，慌忙离开，跑到路上藏了起来，这时又听见那人用更大的声音喊了一声"清美"。

不久，小杉就打来了电话。"抱歉，我失手了。"他的声音仿佛从幽深的井底传来，显得无比阴沉。

"你没动手吗？"

"不，我动手了。"他顿了顿，又继续道，"我把清美杀了。"

"那不就……"

"但没能伪装成自杀。她突然醒过来挣扎，我就……"

"怎么会……"

"不过没关系，那些证据我都找到并且销毁了，还把手腕上的伤伪装成了旧伤。"

赖子死死地咬住嘴唇，不知道该说什么好。

"你那边怎么样？"

"我这边……"赖子把情况说了一遍。家里竟然会有两个人，这让小杉也感到很意外。

"那也没办法，接下来只能听天由命了。"

"我们会不会有事？"

"别担心，一定不会有问题的。"小杉强装乐观地说。

然而幸运之神并没有站在他们这边。

## 6

"事情就是这样。"草薙结束了长长的汇报，坐在椅子上伸了个懒腰，"几乎跟你推理的一模一样，真是太佩服你了。"

"这并不是什么特别难的推理。只要把答案一个个拼凑起来，无论是谁都能走到终点。"汤川平静地说完，喝了一口速溶咖啡。

"你怎么知道那个幽灵是同谋？"

"如果换个角度思考，这就是最简单的推理了。已经被杀的女人竟然在另一个地方被目击，其中定有诡计。接下来自然就会去想，这个诡计究竟为什么存在？而我能想到的只有伪造不在场证明。"

"但这需要一个女同谋。小杉身边丝毫没有与女人来往的痕迹，你在判断时却没有犹豫，这是为什么？"

"并非没有犹豫，所以我才去查看小杉家，然后确定了他有一个关系亲密的女性朋友。"

"查看他家？你在那个一点女人气都没有的房子里看出什么来了？"

只见汤川微微一笑，说道："是因为杂音。"

"杂音？什么意思？"

"小杉房间里的音响在转动音量旋钮时，不时会发出杂音，我说的就是那个声音。"

"哦，就是旧音响经常会有的那种声音吧？"

"问题就在这里。小杉的音响还很新，为什么会发出那种杂音呢？其实引起杂音的真正源头是硅化合物。旋钮上的润滑油与飘浮在空气中的硅粒子结合，产生了那种声音。"

"我知道你很博学，可那跟女人有什么关系？"草薙烦躁地问。

"某音响设备厂商统计出了一组奇怪的数据，显示情人旅馆里安装的音响设备比其他同类设备出现杂音的时间更早。对此，众多优秀的研究者投入了大量时间和精力研究，终于得出了结论。"汤川竖起食指说，"原因竟然是女性使用的定型喷雾，里面含有的硅成分进入设备内部，造成了杂音。"

"定型喷雾……"草薙想起了汤川曾问他的问题，"所以你才问我小杉的发型吗？"

　　"寸头应该用不到定型喷雾吧？"汤川微笑着捧起了马克杯。

　　"原来如此，看来女人的痕迹多种多样啊。"

　　"有看得见的，也有看不见的。对了，那些可怜的嫌疑人怎么样了？"

　　草薙叹息一声，说道："每晚都害怕各自杀死的人变成亡灵来找他们。"

　　"因为亡灵存在于人的心中啊。"汤川用力拉开了窗帘。

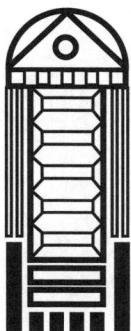
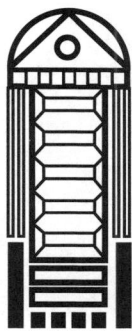

第三章

骚灵

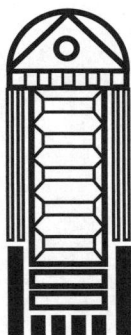
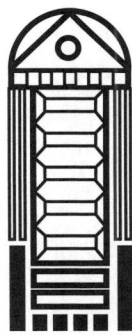

*1*

　晨报上没什么值得一提的新闻，草薙俊平用吸管喝着纸
盒里的牛奶，目光移向体育版块。他支持的读卖巨人队竟然
在常规比赛时间内的最后一个半局被大逆转，输掉了比赛。
他苦着脸合上报纸，把手伸进睡衣里，挠起了侧腹。五月的
阳光倾洒在放着空泡面碗的桌上，黄金周过后，天气一直很
晴朗。草薙吸光盒子里剩下的牛奶，将其顺手扔进旁边的垃
圾桶里。用藤条制成的垃圾桶里早已堆满垃圾，几团垃圾被
挤了出来。便利店的空餐盒、三明治包装纸……草薙几乎从
不做饭，垃圾桶里全是便利店的食品包装。

　草薙烦躁地捡起垃圾，环视着自己住的一居室。被褥都
摊开着，地上除了日常走动的过道，根本找不到下脚的地方。
这副样子就算找到女朋友也不敢往家里带，想到这里，草薙

觉得自己挺可悲的。他起身准备打扫一下，这时电话铃响了。他从一堆杂志里抽出无绳电话的子机，按下接听键。

打来电话的是森下百合，草薙的亲姐姐。

"老姐，怎么是你啊？"

"你什么意思？我要是没事也不想给你打电话，这不是没办法了才来找你的嘛！"百合连珠炮似的反击道。草薙从小就没吵赢过姐姐。

"知道了知道了，找我有什么事？"

"你今天不执勤吧？"

"你倒是挺清楚。"

"妈告诉我的。"

"哦，是吗？"草薙的双亲都健在，目前住在江户川区。因为要商量做法事的事，他三天前跟母亲通过电话。

"我有事想找你商量。你下午两三点能到新宿这边来吗？"

"今天？这么急？"

"确实很急。没问题吧？反正你也没女朋友。"

"没女朋友就要跟姐姐约会吗？真够扫兴的。"

"别担心，我也没空跟你约会。我会带一个姑娘过去，是她有事想和你商量。"

"哦。"听到有姑娘要来，草薙有点心动，"她跟你什么关系？"

"朋友的妹妹。"说完，百合又补充道，"很漂亮哟，据说是做宴会接待工作的，大概比你小五岁。"

"嗯？"草薙更加感兴趣了，"啊，这不重要。"

"你会来吧？"

"真没办法。那个人现在感到很苦恼吗？"

"嗯，非常苦恼。我听她说完后，觉得找你商量是最好的。你一定得帮帮她，她肯定很需要你。"

"知道了，没问题。她要找我商量什么？"

"详细情况见面再说，总之是失踪事件。"

"失踪？谁失踪了？"

"她丈夫。"


草薙与百合在新宿西口外某家高层酒店的茶室里碰了头。他还是觉得被姐姐戏弄了。如果一开始就知道要找他的人是有夫之妇，他可能不会浪费难得的休息日跑来见她们。

百合她们已经到了。草薙走进去，看见姐姐在里面朝他挥手。她身边那名女子确实年轻漂亮，却明显透着一种已为人妻才有的稳重气质。可惜是别人的老婆啊！草薙带着这个想法走了过去。

百合为两人介绍了彼此，女子名叫神崎弥生。

"难得的休息日还麻烦您跑一趟，真是不好意思。"弥生向草薙低头致歉。

百合在一旁说道："没关系，反正这小子闲着也是闲着。"

"我听说您丈夫失踪了。"草薙主动进入了正题。

"是的。"弥生点点头。

"什么时候的事？"

"五天前。那天他去上班，就再也没有回来。"

"五天……您报警了吗？"

"嗯，不过他们好像到现在都没找到线索……"弥生垂下了头。

弥生的丈夫名叫神崎俊之，是一家保健器械公司的售后工程师，主要工作是维护养老院和复健中心采购的器械。他工作时间几乎不在公司，而是整天开着轻型货车四处奔波。

根据公司那边的说法，俊之五天前的下午离开公司后，就连人带车都不见了踪影。

"公司也调查过我丈夫可能会去的地方，但还是找不到他。只知道他那天下午五点前后去过位于八王子市的养老院，然后就不知所踪了。"

弥生似乎在努力保持冷静，从刻意压低的声音里可以听得出来。但草薙还是注意到了她微微泛红的眼眶。

"但愿他没遇到什么事故。"百合略显不安地说。

"虽然我无法断言，但发生事故的可能性应该很低。"

"真的吗？"

"接到失踪报案后，警方最先做的就是将失踪者的资料与全国的事故记录进行比对。如果他遭遇车祸，不可能还未登记在案。如果是非常偏僻的野外还可以理解，但他最后出现的地方是八王子。"

听了草薙的解释，百合小声说道："倒也是啊。"

"您丈夫会不会是刻意隐瞒了行踪呢？有这个可能吗？"草薙问弥生。

"完全不可能。"弥生摇着头说，"我想不出他这么做的理由，而且会有人直接穿着西服离家出走吗？"

"您家是否丢失了什么东西？比如存折之类。"

"警察也问过我，我检查过了，什么东西都没少。我觉得他没有带走任何值钱的东西。"

"是吗……"草薙点了点头。

当然，这并不意味着刻意隐瞒行踪的可能性已被排除。草薙知道，其实有很多人都会什么东西也不拿就突然离家出走。此外，就算是有计划的失踪，有时也无法马上发现本人的意向，因为他们会巧妙地将银行存款转移，再把贵重物品一点点带走。

"您的话我都明白了。"草薙说，"不过老实说，我可能帮不上什么忙。既然您已经报警了，目前也只能等待警方和您联系了。"

"你真冷淡。"百合瞪了草薙一眼。

"毕竟我也是个警察啊。我能做到的事,辖区警察一样能做到。反过来说,如果辖区警察束手无策,我也一样不知如何是好。"更何况我的本职工作是调查杀人案,而不是寻找离家出走的人——他只在心里默念了这句话,并没有说出来。

百合也陷入沉默。在尴尬的气氛中,草薙端起咖啡喝了一口。咖啡有些凉了。

"对了……"弥生抬起头,直直地看着草薙,"我对一件事很在意。"

"什么事?"

"离开八王子的养老院后,我丈夫应该去过一个地方。"

"哦?什么地方?"

"我丈夫曾在现在这家公司从事过净水器销售工作,当时他好像常去一个人家里拜访。"

"然后呢?"

"那段时间,他跟一位独居的老太太渐渐熟悉起来,除了去维护净水器,平时只要路过那附近,他也会去拜访一下老人。他说,那位老人行动不便,心脏也不好,他就不由自主地关心起来了。"

"那他现在也经常去看那位老人吗?"

"我想每个月至少会去一次吧，因为他时不时会带些点心回来，说是那位老人给的。"

"她家在哪里？"

"府中。"弥生打开包，取出一张贺年卡放在桌上。贺年卡上的钢笔字迹很是清秀。寄出人的姓名是高野英，地址确实是府中。

"您与这位高野女士联系过了吗？"草薙晃着贺年卡说。

"我给她打过一次电话。"

"高野女士怎么说？"

"这……"弥生低下头，似乎在犹豫。不一会儿，她又把头抬了起来。"高野女士去世了，就在几天前……"


## 2


打开帝都大学理学院物理系第十三研究室的门，只见眼前冒出一片青白色的火焰。身穿白大褂的汤川学手上拿着一把液化气喷火枪。

"你干什么！连门也不敲。"汤川大喊道，他手上那把喷火枪发出的声音实在太吵了。

"我敲了，你没反应！"草薙也对汤川喊道。

汤川关掉喷火枪，把它放在桌上，随后脱掉了白大褂。"太热了，这种实验果然不适合在室内做。"

"实验？什么实验？"

"非常简单的电学实验。小学时不是做过吗？把灯泡接到电池上，按下开关后，灯泡就亮了。这就是我做的实验。"汤川指着用来做实验的桌子说。

正如他所说，桌上放着一个像是电源的方形盒子，用两根导线与软式棒球大小的灯泡连在一起。如果只是这些，确实跟小学生的实验没什么区别，但其中一根导线中间还连着一根几厘米长的玻璃棒。

"这根玻璃棒是什么？"草薙问。

"就是玻璃棒啊。"汤川回答。

"玻璃不导电吧？难道说这是特殊材料？"

"你觉得呢？"汤川微微一笑。这位年轻的物理学家最喜欢用答非所问的方式回答老同学关于科学的提问。

"就是不懂才问你啊！"

"问我之前你先试试吧，只需要按下开关就好。对，盒子上的那个就是。"

草薙小心翼翼地打开了开关。他原以为会发生什么不得了的反应，甚至已经摆好应对的架势，结果什么动静都没有。

"什么啊，根本不行。"

"那不是什么特殊材质，只是普通的玻璃。玻璃是绝缘体，电流是无法通过的。"

"那你……"

"可是，如果我这样呢？"

汤川用打火机点着了喷火枪。调整空气量后，原本缓缓摇曳的火苗呼地变成了刺眼的青白色火焰。他将火焰对准玻璃棒，玻璃棒下方放着一块砖头。

被加热的玻璃棒慢慢变红，仿佛随时都要熔化。很快，一个惊人的现象出现了，灯泡啪地亮了起来，电流被接通了。草薙忍不住叫了一声。

"玻璃的主要成分是二氧化硅，在固体状态下，硅离子和氧离子紧密结合，一旦受热熔化，这种结合状态就会变得松散。拥有正电荷的硅离子向负电荷方向移动，拥有负电荷的氧离子向正电荷方向移动，电流就能通过了。"

草薙不是很明白汤川的解释，但至少知道，眼前这根快要熔化的玻璃棒拥有了与他平时看到的玻璃棒完全不同的性质。

汤川很快就关掉了喷火枪，草薙以为这个实验要结束了，玻璃棒会恢复原状，导致电流被切断，灯泡熄灭。然而，没有被喷火枪加热的玻璃棒依旧发出强烈的光芒，灯泡也一直亮着。

"一旦有了一定程度的电流，玻璃棒本身就会因电阻加热作用而持续发热，即使不从外部提供热源，电流也会一直保持流动。"

"听起来有点像惯犯心理。"草薙说。

"什么意思？"

"初次犯罪是有动机的，因那种动机而使人冲动地走上犯罪之路。而犯罪行为本身又会让人更加冲动，变得无法分辨好坏，从而又一次犯罪，这就是典型的恶性循环。等回过神来，当初的动机早就不重要了。"

汤川笑了起来。"嗯，这确实很像。"

"要是有个开关就好了。"

"如果不切断开关，结果就是这样——"汤川指着玻璃棒说。只见散发着耀眼红光的玻璃棒很快便因为自身热量而熔断，灯泡也同时熄灭了。"自我毁灭。"

从大学步行几分钟，就能看到"美福"。这家居酒屋有非常丰富的套餐可供选择，可能是因为客源以学生为主。草薙以前也常光顾，只是没想到时隔多年还会再次来到这里。汤川说在这里就行，他也没办法。

今天没什么特别的事，只是想约老朋友出来吃饭喝酒，草薙才会回到母校。两人像往常一样，并肩坐在吧台最里面的座位上。

聊了一会儿几个共同好友的近况后，草薙说起了白天见到神崎弥生的事。他只是随口提起此事，汤川对此好像也不太关心，但还是说了句："你还是查查那个高野家吧。"

"真的要查吗？"

"那些亲戚有点奇怪。"

"也是。"草薙往汤川的杯子里倒满啤酒，再把剩下的倒给了自己。

神崎弥生说，她往高野英家里打电话时，是一个男人接的，那人自称是高野英的亲戚。弥生问他神崎俊之是否在那里，他只说不知道，老太太刚去世，现在忙得很，很快就挂断了电话。

弥生还是有些在意，直接造访了高野家。一个年龄在三十五岁到四十岁之间的男人给她开了门，但好像并不是接电话的那个人。弥生拿出神崎俊之的照片，询问最近这个人是否来过这里。男人看也不看照片，就说最近没人来过。她并不死心，还想追问，却见男人皱起眉，露出了凶相，仿佛在说："烦死了！说了不知道就是不知道，你再纠缠下去我可不客气了！"

弥生只好离开了高野家，顺便在附近打听，得知高野家现在住着几名男女，他们从两个月前开始出入此处，不知何时就住下来了。高野英生前好像和人说过，那些人是她的侄子夫妇，可能因为一直独居非常寂寞，她说起这事时还特别高兴。

　　高野英的死因是心脏骤停。人们在社区的活动中心低调地为她办了葬礼，一个细节引起了弥生的注意——高野英去世的日子，正是神崎俊之失踪那天。

　　"调查需要理由。"草薙说，"现在这样我没法行动，至少作为刑警是不行的。"

　　"我有个熟人很讨厌推理小说。"汤川夹了块海参放进嘴里，"你知道为什么吗？因为凶手太蠢了。他们为了欺骗警察想出的杀人方法五花八门，但是在隐藏尸体这方面完全不动脑筋。其实只要把尸体藏好，连是否发生了命案都不得而知，警察也就无法展开调查了。"

　　"你说的熟人，该不会就是你自己吧？"

　　"你猜。"汤川把啤酒一饮而尽。

3

　　神崎弥生给草薙打来电话时，距离上次二人在新宿见面已经过去了大约两周。在此期间，草薙并未帮她做过任何事情。因为一桩案件的嫌疑人被逮捕了，他一直忙于确认相关调查证据。"不好意思，我这段时间挺忙的……不过我一直都想去看看情况。"草薙不禁辩解道，"警方那边还没消息吗？"

"嗯，我去问过一次，只得到了含糊的回答。"

"是吗？"应该是的，草薙想。因为只有在发现身份不明的尸体时，警察才会想到查看失踪者资料。

"嗯……草薙先生，其实我后来又去过高野女士家几次。"弥生略显踌躇地说。

"出什么事了吗？"

"不，也不算是出事，只不过有点奇怪……"

"有点奇怪？"

"那些人每天晚上都会出去，而且像打卡一样在同一时间离开。"

"等一下。神崎女士，您每天晚上都在监视那家人吗？"

弥生沉默了，听筒里只传来隐约的呼吸声。

"别误会，我没有责怪您的意思。"草薙慌忙解释道，"只是不明白您为什么这么在意那家人。"

"因为……直觉。"

"哦……直觉吗？"

"对刑警说直觉，您一定觉得很可笑吧？"

"不，我没这么想。"

"我还去过我丈夫最后出现过的那家位于八王子的养老

院，也见到了那天跟我丈夫谈过话的老太太。她说我丈夫很关心她，让她非常高兴。那时，我想到了离开这里后，我丈夫不可能不去高野女士家。因为到了养老院，他一定会想起高野女士。"

这回轮到草薙沉默了。弥生的话确实很有说服力。那确实是直觉，却并非毫无依据，可以说是有逻辑的直觉吧。不过要是让汤川学听到这种形容，他一定会受不了的。

"他们每晚都在同一时刻出门，对吧？"草薙想起弥生刚才说的话，"您知道他们去了哪儿吗？"

"嗯，但总感觉有点害怕……"弥生吞吞吐吐。

草薙很快明白了她的意思，也知道她为何打电话过来了。"我知道了。"他说，"明天晚上我有时间，不如一起去监视他们吧。"


第二天晚上七点半，草薙与弥生坐在一辆红色轿车里。这是神崎家的车，但是弥生说，俊之几乎没有开过。

"可能每天工作都要开车，休息时反倒不想开了。"说这句话时，她侧脸的神情看上去仿佛已经不对丈夫生还抱有希望。

两人把车停在路旁，马路对面有一排陈旧的日式建筑，似乎都建于二十世纪六十年代。左数第三户便是高野家，乍

一看房子并不算大，草薙估计房子的占地面积也就三十坪①
左右。

弥生说，目前有两对夫妻住在那里，一对是高野英的侄
子夫妻，另一对好像是侄媳的兄嫂，至少街坊邻居都是这么
说的。

"可是，"弥生又说，"那些人在附近的风评很不好。刚开
始跟高野女士共同居住时，他们还对邻里表现出了亲切有礼
的态度，可高野女士一去世，他们就换了一副面孔，现在好
像连招呼都不打了。"

"那四个人是怎么跟高野女士住到一块儿的？"

"高野女士对邻居们说，侄子被解雇，没法继续住在公司
提供的公寓里，便来投靠她了。至于另一对夫妻，她也说是
亲戚来投靠。"

"嗯……"这也太可疑了，草薙想，"侄子被解雇后，目
前在做什么呢？还没有工作吗？"

弥生点了点头。"听街坊们说，他们一天到晚都无所事事。
不仅是那个侄子，另外那个男人也一样。"

"他也是失业了无处可去吗？"

"不过……"弥生歪着头说，"他们好像不怎么为钱发愁，
身上穿的衣服似乎也不便宜。"

———————————
① 日本度量衡单位，用于丈量房屋和宅地面积时，1 坪约等于 3.3 平方米。

"哦……"

"他们看上去也不像在找工作的样子。总之，那四个人一天到晚都待在家里。"

"只是一到晚上八点……"

"对。"弥生点点头，看向斜前方，"他们就都出来了。"

草薙看了看手表，快到八点了。


八点差三分时，一个胖男人先走了出来。他穿着白色Polo衫，腹部像孕妇一般凸起。接着走出来一个女人，看上去三十五岁左右，身材瘦削，脸上化着浓妆。

两人站在门口等了一会儿，又有身材矮小的一男一女走了出来。男人穿着一套运动衫，长发在脑后扎成一束。女人披着牛仔夹克，下身穿着一条快要及地的长裙。两人看起来都在三十岁上下。

"我上回去敲门，出来的就是那个穿白色Polo衫的人。"弥生说。

"他们没有车，是吧？"

"嗯，一直都是四个人一起步行离开。有好几次我都想尾随过去，可是他们都见过我……"

"我知道了，请您在这里等我吧。"

草薙下了车，快步跟在四人身后。

两对男女好像在朝车站走，较年轻的一对走在前面，身后跟着中年夫妻。尾随着的草薙观察到，他们几乎没有对话。四个人整天待在一起，看上去却并不怎么亲近。也可能是一天到晚都对着同样几副面孔，早就没有话题可聊了。

一开始草薙认为这几个人每天定时外出，只是为了吃饭，弥生却说不可能，因为有一天他们订了寿司外卖，晚上八点还是出门了。

看起来也不像是去什么培训班，草薙小心翼翼地保持着距离，心里想着。

很快，他们来到了商业街附近。这个时间段还在营业的商店寥寥无几，四人没有改变速度，继续向前走着。突然，四人停了下来，交谈几句后，似乎打算进入旁边的烤肉店。

什么啊，还真是出来吃晚饭的？那他们应该不会马上出来。草薙看了看周围，思考要怎么打发时间。

这时，四人的行动却出现了变化。走进店里的只有穿白色 Polo 衫的男人和那对年轻夫妻，年长的女人则径直向前走去。草薙毫不犹豫地跟在了她后面。

女人抚弄着一头烫卷的长发走在商业街上，偶尔看向旁边的书店等店铺，但并没有走进去的意思。直觉告诉草薙，这里面肯定有蹊跷。

女人来到弹子房前，毫不犹豫地走了进去。草薙心里一惊，也跟了进去。

女人在店里走了几圈，选了一台中间的机器坐了下来，随后便买了弹子开始玩。草薙找了个能看见她的座位坐下，为了防止别人起疑，也玩了起来。他已经很久没进过弹子房了。

她会跟谁在这里碰头吗？草薙心想。然而，没有任何人靠近那个女人。她好像也只是在很认真地玩弹子。就这么过了大约一个小时，女人看了看手表，意犹未尽地注视着弹子机，随后站起身来。看来她今天输了。只见她一边旁观别人玩弹子，一边朝出口走去。草薙紧随其后。

女人沿原路返回，看上去也不打算绕路。不一会儿，她走到那家烤肉店门前，打开门向里张望，但并没有进去。

另三人从店里走了出来。穿白色 Polo 衫的男人嘴里叼着牙签，好像喝了点啤酒，面色微微发红。男人好像问了句什么，女人摇了摇头，应该是问她在弹子房的战绩吧，随后男人露出了一丝浅笑。

四人开始往回走，跟来时一样迈着懒洋洋的步子。他们没有表露出任何意图。在草薙看来，就是三个人出来吃饭，一个人去玩弹子消遣而已。可他们为何每晚八点准时出门呢？真的只是出于良好的生活习惯吗？

他们就这样回家了。目送四人走进家门后，草薙回到车上，把路上看到的情况告诉了弥生。"怎么看都不像有目的的行动。

如果真有什么，应该是他们在烤肉店里做的事了，不过在我看来，他们好像只是去吃了一顿饭。您怎么想？"草薙看着弥生的侧脸问道。提问的同时他吓了一跳，因为弥生的脸上没有一丝血色。"怎么了？"他又问。

弥生舔了舔嘴唇，缓缓转向他。"您尾随他们时，我到房子里看了看，想着里面可能有什么线索……"

"然后呢？"草薙有些忐忑不安地问道。

"我本来想进去看，可是门窗都上了锁。"

"您实在太乱来了。"

"不过……"弥生做了个深呼吸，"里面突然传出了声音……"

"什么？"草薙瞪大了眼睛。

"我当时在窗户附近。听起来很像家具碰撞墙壁的声音，然后又听到好像有人在屋里跑动……"

"说话声呢？听到说话声了吗？"

弥生摇了摇头。"没有。"

"然后您做了什么？"

"我觉得里边的人有可能是我丈夫，他被人囚禁了，就敲了敲窗户……但我并没有听到回应。不一会儿，里面的动静消失了。屋里拉着窗帘，我什么都看不到。"

草薙感觉心跳开始加快。莫非那房子里还有第五个人？

"草薙先生，里边的人会不会是我丈夫？他是不是被囚禁了起来，无法发出声音？只能趁那几个人离开时才能挣扎求救……"

弥生情绪十分激动，说的话也欠缺冷静思考，但也无法断言她所说的都是妄想。

"我知道了，请您等一下。"草薙再次下车，向高野家走去。

房子周围围着一圈陈旧的木板墙，草薙踮起脚尖也看不见里面的情况。他调整呼吸，整理着思绪走到门前。门上装着一个塑料门铃，他按了下去。

十几秒后，玄关的门被打开了。门似乎有点变形，嘎啦嘎啦地响个不停。门后探出一个男人的脸，是年纪较轻的那个。

"这么晚打扰您实在不好意思。"草薙露出假笑走进门，"我有些事需要确认一下。"

"什么事？"男人皱起眉，露出怀疑的表情。

草薙向他出示了警察手册，他的表情更加阴沉了。"附近有人报案，说听见房子里有人在吵闹。"

"这里没人吵闹。"

"是吗？但报案人说听见声音了。"

男人闻言表情骤变，仿佛能听见他血色褪去的声音。"一定是听错了，请你别乱说。"

"能让我进去查看一下吗？"

"为什么我非得让你进去！"男人恼怒地说。

"让我看看就好，很快就出来。"

"不行。"

这时，里面传来另一个声音："让他进来吧。"身穿白色Polo衫的男人出现在年轻男人背后，他对草薙露出了殷勤的微笑。"让警察先生看一眼不就好了？还能省去不少麻烦。"

年轻男人沮丧地垂下头，没有作声。

"那就打扰了。"草薙走了进去。

换鞋处散乱地放着好几种鞋子，明显超过了四双。草薙没有特别关注这一点。就算他们真的软禁了什么人，也不可能会把那人的鞋子扔在这里。

房子呈长条形，过了玄关就是楼梯，旁边则是通往室内的走廊。草薙沿着走廊走去。

走廊右侧似乎对着院子，护窗板把四扇玻璃门遮得严严实实，每两扇门重叠的部分用棒状锁锁在了一起。四扇门共有两个锁扣，草薙发现其中一个坏了，并没有锁上。走廊左侧是两个连在一起的和式房间，里面坐着两个女人：年长的女人肘部撑在矮桌上，叼着香烟；年轻女人抱膝坐着，正对着一台老旧的十四寸电视机。两人都用看怪物般的眼神看着草薙。

"他是谁？"年长的女人问。

"是警察。"白衫男人说，"好像有街坊报警了。"

"哦……"女人瞥了一眼草薙，很快把目光转向了电视机。草薙看到女人手腕上戴着一串佛珠，感到有些意外：难道她信佛？

草薙环视了一下房间，剥落的墙皮和变色的榻榻米都印证了这座房子是很久以前建成的。墙角那个低矮的茶柜好像也有些年头了。

茶柜旁边倒着两个花瓶。嵌着画纸的画框被胡乱地扔在榻榻米上。从茶柜上的灰尘痕迹来看，这些东西明显都是从上面掉落的。草薙不明白他们为何不把东西放回原处，但没有作声，因为他找不到借口去问。

旁边那间和室放着老旧的斗柜和佛坛，榻榻米上落满了灰尘。奇怪的是，这间屋子里没有灯。本应吊在天花板上的和式荧光灯被拆下来放到了角落里。

"为什么不把灯安上？"草薙问道。

"哦，正准备安呢，刚好坏了。"白衫男人说。

这个房间有扇小窗户，上面挂着褐色的窗帘，弥生应该是在这扇窗户外面听见响动的。

草薙又查看了厨房和二楼。二楼也有两个房间，每个房间里的被褥都没有叠。

"怎么样，没问题吧？"回到楼下，白衫男人问道。

"看来没什么问题，不过能麻烦您给我留个电话吗？还有，再把几位的姓名告诉我。"

"姓名就不用了吧？我们又没干坏事。"白衫男人笑眯眯地说。

"那至少也要把户主姓名告诉我。这里以前的户主是高野英女士，现在换成谁了？"

"是我。"年轻男人在旁边说。

草薙拿出记事本询问他的姓名。男人自称高野昌明，看来真的是高野英的侄子。

"您与这几位是什么关系呢？"

"这是我老婆，还有这两位是我朋友，他们是夫妻。"

"朋友？"草薙反问道，"您跟朋友住在一起？"

"我们只是在这里借宿一段时间。"白衫男人说。

草薙本想讽刺"一段时间"可真够长的,但最终没有开口。


4


第二天晚上，草薙和弥生开着草薙那辆黑色天际线再次前往，并把车停在了昨天的地方。

仪表盘上的电子钟显示现在是晚上七点五十分。草薙感到坐在副驾驶座上的弥生紧张地咽了口唾沫。"好了吗？"草薙问。其实他想问的是，做好心理准备了吗？

"没问题。"弥生的声音听上去有些沙哑。

两人接下来要做的事已经完全超出了调查范畴，一旦被发现将难以解释，说不定还会闹到警察局，但两人已别无他法。目前这个阶段，想让警方介入简直难于登天。而且草薙昨晚进去打探后还产生了一个想法：就算被发现了，那些人也不可能报警，他们一定在隐瞒什么。

"啊，出来了。"弥生低声道。

只见四人走了出来，身上还穿着跟昨天一样的衣服，又朝着同样的方向离开了。

今晚草薙并不打算尾随他们。四人的身影渐渐远去，不一会儿就消失在了拐角处。草薙一直努力在座位上缩起身子，以防被发现。

确认时间正好是八点，他打开车门。"走吧，动作快点。"弥生也迅速下了车。两人一路小跑到高野家，四下张望，确认四周没人后，潜入了大门里。草薙绕向院子，跟昨天一样，那里的护窗板关得严严实实。他从怀里掏出一把一字螺丝刀。

"用这个能打开吗？"弥生不安地问。

"嗯，看我的吧。"草薙蹲在护窗板旁，把螺丝刀尖端塞进木板下的缝隙里，随后轻轻一撬，就把护窗板撬了起来。

一般的旧式护窗板都能用这种方法卸下来。他昨天已经发现半边落地窗的锁是坏的，因此他们轻轻松松地就进去了。

"这房子好旧啊。"跟在后面的弥生说。

"是啊。对了，请不要乱碰这里的东西。"

"好的。"

草薙小心翼翼地拉开和室门。昨天那两个女人所在的房间还是一样凌乱，矮桌上扔着一袋打开的薯片。

"没有人。"弥生看了看旁边的房间说。

"看来是的。"

"不过我确实听到里面有声音。"弥生歪着头说，"这可真奇怪……"

草薙拉开了壁橱，里面只有几个破旧的纸箱。

"这是怎么回事？"弥生扶着额头说，"莫非是我听错了吗？可我感觉不可能啊。"

"我们先出去吧，您丈夫好像不在这里。"

"是啊。真抱歉，麻烦您做这种事……"

"别在意。"说着，草薙轻轻拍了拍弥生的后背。

这时，草薙突然听到了微弱的响动。是木板摩擦的声音。怎么回事？他脑子里刚冒出这个想法，整座房子突然剧烈地震动了起来。家具发出了咔嗒咔嗒的声音，茶柜里传来餐具碰撞的响声。佛坛在隔壁房间兀自摇晃着，上面的小门突然打开，里面的装饰品全都滚落了出来。头顶的电灯剧烈晃动，影子霎时如同鬼魅乱舞。

弥生尖叫一声抱住了草薙。草薙扶住弥生，慌乱地张望四周，惊得一句话也说不出来。

榻榻米上的花瓶开始滚动，矮桌上的薯片撒落出来。不知什么地方有个东西咣当一声掉在了地上。

这到底……草薙发现自己在颤抖。


5


听完草薙的话，汤川抱着手臂沉默了好一会儿。他镜片后的双眼充满了不快与疑惑，右腿不停小幅抖动，眉头紧蹙。

草薙预料到汤川会不高兴，毕竟这个人最讨厌听到这种事了。但那都是事实，他也没有办法。

"你这人真是，"汤川总算开口了，"怎么总给我找些奇奇怪怪的事？上次是幽灵，再上次是灵魂出窍和什么预知梦……"

"我有什么办法？干这种工作，遇到怪事的机会比常人多太多了。"

"并不是所有刑警都像你一样总是遭遇神鬼莫测的事吧？

怎么,这回遇上骚灵了?"

"我也不想遇到这种事啊。"

汤川坐在椅子上摊开了双手,仿佛在说"真没办法"。"所谓骚灵,在德语中是骚动的鬼魂之意。比较典型的骚灵现象是家具自己动起来,或是房屋整体震动摇晃,有人认为那是鬼魂所为,不过你遇到的鬼魂好像格外不老实。"

草薙双手撑在桌上争辩道:"我再说一次,那绝对是灵异现象。后来我去查过记录,当时那个地方根本没有发生地震。那不是我的错觉,毕竟还有神崎弥生给我做证。"

汤川缓缓站起身,伸出一只手对着草薙的脸。"没人说那是你的错觉,而且不用你说,我也知道不是地震。"

"那你承认是骚灵了?"

"我从你的话中了解到,当时发生了与所谓骚灵现象十分相似的事。"

"你认为那种现象的真面目是什么?"

"问题就在这里,我认为有一件事比现象的成因更为重要。"

"什么事?"

"你说的灵异现象,是否很久以前就有?是否早在老妇人独居时就出现过?"

"我不知道。如果真有那种事,老太太应该会找人商量。

听弥生女士说，她先生从未提起过那种事。"

"嗯，看来是以前没有过，现在却有了。为什么呢？这是第一个问题。至于第二个问题，就是那四个人为何不想办法解决。那些人显然知道家中发生的奇怪现象，如果是一般人肯定会想办法解决才对，比如找专家来调查。不这么做意味着他们知道原因何在，而且不希望别人去调查。"

"他们知道原因？不，可是……"草薙双臂环抱，抬头看着天花板，"我看见其中一个女人手上缠着佛珠，他们应该没有什么科学解释吧？"

"我可没说他们得出了科学解释。手上缠着佛珠，想必他们认为那种现象就是鬼魂作祟。不过我有一点不明白，就是他们为何要一直住在那种地方……"汤川挠着头走向窗边，看着外面。他的眼镜在阳光下反射着光芒。

"你到底想说什么？"

闻言，汤川转过身。"这件事你向上司汇报了吗？"

"汇报？还没有。如果让他发现我工作之余做了这种事，肯定又要批评我。"

"那你就要做好挨批的准备，把这件事汇报上去。事态比你想象中的要严重得多。"

# 6

把望远镜聚焦到高野家门前，只见两个男人正好走了出来。现在的时间是下午两点三十分，距离骚灵现象发生还有一段时间。

"看来他们都上钩了。"坐在驾驶座的牧田说。

"肯定得上钩。毕竟他们在鬼屋里住了这么久，等的就是那个。"草薙一边用望远镜追逐那两人的身影，一边答道。

两个男人出门是因为接到了当地信用金库打来的电话。电话里说，希望请一位代理人来商谈高野英存款的事情。那通电话是信用金库在警方的授意下打的，目的是让那座房子里只剩下女人。

此前经过一系列调查，警方已经掌握了高野昌明的一些信息。高野昌明是高野英唯一的亲属，但他们已多年没有联系。一年前高野昌明辞去工作，染上赌博，欠下一大笔债后，与妻子一同住进高野英家，很可能是为了她的存款。高野昌明曾跟许多人提到，他有个伯母继承了丈夫的大笔遗产。

草薙还不知道另一对男女究竟是什么身份，不过他确信，他们也是闻腥而来，觊觎高野英财产的苍蝇。

"好，我们走吧。"草薙对旁边的汤川说。

汤川看了一眼手表。"上次说的事没问题吧？"

"你说工厂吗？没问题，他们同意配合了。"

"话说回来，真是那种机关吗？"牧田回头问道，"要是弄错了，可丢人了。"

"如果失败了，那就再说吧。"汤川淡然道，"你们偶尔出点丑也不是坏事。"

牧田看着草薙苦笑了一下。草薙点点头，对二人说："走了。"


高野家依旧静悄悄的。草薙跟之前一样按下门铃，没过多久，玄关门就开了，发出的响声也跟之前一样。

一个年轻女人探出头来，草薙已经知道她是高野昌明的妻子，名叫理枝。

理枝似乎记得草薙，只见她面露怯色，绷紧了身子，问道："有什么事吗？"

"有件事需要重新确认一下，能让我们再进去看看吗？"草薙努力用亲和的态度问道。

"你们要调查什么？里面什么都没有。"

"我的意思是，"草薙的嘴角浮现出微笑，"希望您能让我们进去确认一下，里面是不是真的什么都没有。只要确认完，今后再有人报警说这里有问题，我们也好向他们解释了。"

"总有人报警吗……"

"也不能说总有，但确实有各种猜测，比如有人听到奇怪的响动……"

这时，年长的女人也从里面走了出来，目不转睛地看着草薙和汤川。"你们在干什么？"

"啊……这些人说，还想再进去看看。"

"哼，真够烦人的。到底是谁报的警？隔壁的大妈？"

"有好几个人。"草薙搪塞道。

"这附近怎么这么多闲人？好吧，看就看吧，不过这可是最后一次了。"

草薙低头致歉，随后开始脱鞋。他看了一眼手表，下午两点四十五分。跟那天一样，他穿过走廊进入里面的房间。房间里依旧凌乱不堪，随处可见方便食品的空盒。

汤川好奇地看着四周的柱子和墙壁。草薙凑到他耳边轻声道："你怎么看？"

"很不错。"物理学家答道，"跟我预想的一样，完全符合条件。建筑材料的磨损程度、房子的构造，一切都非常理想。"很适合发生灵异现象——这句话他并没有说出来。

草薙又看了一眼时间，已经两点五十分了。

"怎么样，警察先生，没什么异常吧？"年长的女人双臂环抱，站在走廊上说。她的手腕上依旧戴着佛珠。

"看来是的。不过为了保险起见，请让我们再仔细看一下吧。"

"这算是侵犯隐私权了吧？"

草薙对女人的话不加理会，假装调查壁橱内部。

"喂，你干什么啊！"外面传来女人尖厉的声音。原来汤川正提着一个白色塑料袋站在走廊尽头。

"我在冰箱旁边找到了这个。"汤川慢悠悠地说，"应该是家用水泥。"

"水泥？"草薙看着那个女人，"这是用来干什么的？"

"我怎么知道？应该是我老公用来修理什么地方的吧。好了，你们看够了没有？赶紧离开这里！"

草薙对女人的吼声置若罔闻，又看了一眼手表，下午三点了。

突然，周围传来木板的摩擦声，紧接着榻榻米摇动起来，佛坛发出了咔嗒咔嗒的声响。

高野理枝惊叫一声。年长的女人也惊恐地瞪大了眼睛。

"来了！"草薙向牧田使了个眼色。

牧田挡在两个女人面前。"这里很危险，请两位马上到外面去。"说着，他把二人往玄关方向推。

汤川站在佛坛前环视四周，屋里的家具一刻不停地摇晃着，墙皮簌簌地往下掉。"太厉害了，这就是骚灵吗？"他兴奋地说，"真让我吃惊。这种现象可不是想制造就能制造出来的。"

"现在不是高兴的时候！"草薙吼道。

"哦，抱歉。"汤川从上衣口袋里拿出一个金属钩，将尖端刺入脚下的榻榻米中，再往上一拉，榻榻米的一角便被拉了起来。草薙赶紧过去帮忙，两人合力拆下了榻榻米，底下黑色的地板露了出来。

草薙把地板掀开，下面露出一块明显是最近才填上的水泥块。


## 7


高野昌明在审讯室里的供述如下：

"原本我的欠款只有三百万左右，可不知不觉就利滚利，滚到了将近两千万。真的，事到如今我怎么可能撒谎！我已经找不到还债的办法了。就在那时，我突然想到了高野英伯母。我听另一个现在已经去世的叔叔说，她继承了我伯父的遗产，手头应该有不少现金。我就想能不能找她帮忙，于是上门去看她。伯母看我没地方住，就让我先住到她家，我便搬了过去。

没过多久，近藤就来了。近藤是催债的，说在我还清债务前，他一步也不会离开，还带着一个女人住了下来。我对伯母说那是我朋友和他妻子，伯母可能一直都很寂寞，没有对他们表示反感，反而说有困难就该互相帮助。要欺骗如此善良的伯母，我实在良心过不去，可我还是得想办法打听她的钱放在哪里。我的伯母并不相信银行，把钱都放在身边了。近藤得知此事后，偷偷翻过地板下面和天花板上方等地方，可就是找不到钱。然后就到了那天。"

那天，近藤喝醉了，又因为迟迟找不到钱而心情烦躁。一直在高野英面前故作老实的他，终于在那一刻露出了本性。

近藤一把抓住高野英的领口，逼问她藏钱的地方，还恶狠狠地说："你侄子还不上钱，理应由你来代还！"

高野英心脏不好，侄子背叛带来的打击和近藤态度的突变让她突发心脏病而亡。由于高野英的死过于突然，高野昌明还以为她在演戏，近藤也连拍了好几下她的脸，才发现她真的死了。

最让他们吃惊的，却是下一个瞬间。院子里突然出现了一个身穿灰色西装的陌生男人，指着高野昌明他们说："我看到了刚才的一切，你们的行为就是杀人！我马上就报警，让你们得到应有的惩罚！"

那个身穿西装的男人便是神崎俊之。

被神崎指责后，近藤气得失去了理智，扑向转身准备报警的神崎，掐住了他的脖子。近藤有柔道二段的身手。

"转眼间尸体就变成了两具，我根本不知道该怎么办。"高野昌明说。这恐怕是他的真实心情吧。

后来他们决定把高野英送到医院。神崎的尸体却不能这样处理，因为一眼就能看出他死于他杀。于是他们决定把神崎的尸体藏在和室的地板下面。他们先挖了一个洞掩埋尸体，然后灌上水泥封了起来。神崎开来的轻型货车也被他们毁掉牌照后，由近藤开到熟知的报废车辆处理场，扔在了那里。

接下来只须找到高野英藏起来的财产了。

他们却一直都没有找到。


## 8


"不管你怎么说，我都坚信这次肯定是鬼魂作祟。一定是被埋在土里的神崎俊之的怨念引发了那种现象。"草薙举起马克杯说。他的杯子里装着第十三研究室有名的特产——口味寡淡的速溶咖啡。

"怎么想是每个人的自由，我不会进行任何干涉。不过我认为，那只是共振现象在作祟。"汤川的声音很冷淡。对方越激动，他就越冷静，这是他从年轻时就一直具备的性格特征。

听完骚灵的故事后，汤川先去市政府调查了高野家周边地下的情况，发现高野家正下方似乎有个老旧的排水管道检修孔。他当时就断定骚灵现象的原因就在这里。

"每个物体都有各自的固有频率，当施加的作用力的振动频率与之一致时，那个物体就会发生剧烈振动，这就是共振现象。由于某种原因，这个检修孔所处的环境发生了变化，从而引起了共振。"汤川推断，原因就是地面受到了某种作用力，比如挖洞之类。

如果是在地板下面挖洞，目的显而易见。草薙不禁产生了不祥的预感。结果表明，他的预感是正确的。

调查结果还显示，高野家附近的一家零件工厂正在使用与那个老旧检修孔相连的下水管道，每天晚上八点，工厂都会排出经过处理的热水。热水在下水管道中造成了空气流动，这便是高野家正下方的检修孔产生振动的原因。

发现尸体那天，他们事先跟工厂联系好在下午三点钟排水。

"好了，那我走了。"草薙放下马克杯站起身。

"要去见她吗？"汤川问。

"没错。"草薙要见的人是神崎弥生。"最近太忙了，还没来得及和她详细说明。"这差事不讨人喜欢，但只能由他来做。

他还打算等弥生稍微平静一些，再把高野英那些财产的事也告诉她。

神崎俊之是穿着西装被掩埋的，身上的东西全都留在口袋里，但钱包里的现金和信用卡被拿走了。案犯们打算用他的信用卡大量购物，却漏掉了最为重要的东西，就是夹在驾照里的一张卡。其实，那是出租保险柜的密码卡，并非神崎本人的物品。保险柜是高野英租的，代理人那一栏登记着神崎俊之的名字。

警方经过调查，发现保险柜里除了存折、债券、贵金属、土地房屋所有权证明这类物品外，还放着一封信。那是一封遗书，上面明确表明，指定神崎是高野英全部财产的继承人。

"你还是打算把骚灵现象解释成鬼魂作祟吗？"汤川问。

走向门口的草薙转过身说："那当然，不行吗？"

"没什么。"物理学家摇摇头。

"再见。"草薙打开门。

"草薙。"

"干什么？"

汤川犹豫了片刻，然后说："好好干。"

草薙扬起一只手，走出了房间。

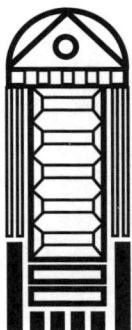
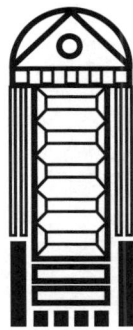

第四章

绞杀

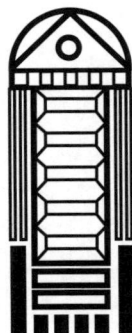
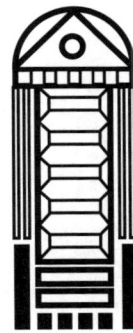

# 1

车床在嗡嗡作响。贵子走进车间，看见坂井善之面朝机器的背影。米色工作服背面印着深蓝色的"矢岛"字样。她听丈夫忠昭说，工厂正在给汽车公司生产发动机的传动轴，但他并没有说是什么发动机。

忠昭正在车间一角与两名工人一起检查即将出货的零部件，戴着劳保手套的手动作笨拙。几人的脸色都不太好，贵子知道，那并非因为零部件质量不好。

"我送茶来了。"贵子对几人说。

忠昭抬起一只手挥了挥，看了一眼挂在墙上的时钟，指针指向下午两点四十五分。

"善，休息！"他对操作车床的坂井喊道。

坂井点点头，关掉机器的电源。隆隆作响的马达瞬间停止了运转。

"怎么，没点更像样的东西吗？"忠昭洗完手，走到休息用的桌子前坐了下来。桌上的盘子里摆着五块豆沙馅糯米饼。"这是昨天吃剩下的吧？"

他没说错，贵子只是笑了笑，没有作声。

"有什么关系，我喜欢吃这个。"铃木和郎最先伸出了手。

"据说工作过程中最适合吃甜食。"说话的是田中次郎，他并没有伸手去拿。

坂井一言不发地啜饮着贵子泡的茶。

"善，上次那批线圈今天就要给客人送过去吧？"忠昭问坂井。

"嗯，我过会儿就去送货。"

"那就交给你了。还有货款，你跟那边说最好尽快结清。"

"我会和他们说的。"坂井盯着茶杯回答。

忠昭点点头，自言自语般说："我等会儿要出去一下。"

"去哪儿？"贵子问。

"收钱。"

"收钱？还有没结清货款的地方吗？"

"不是货款。"忠昭拿起一块饼掰成两半，把挤出来的豆沙馅送进口中，"很久以前借给别人的钱，对方好像想还给我了。"

"我怎么没听说过？"

"当时经济还景气，那人又是我恩人的儿子，就一直没去催。他最近事业好像挺成功，主动跟我说要还钱。"忠昭喝了一口茶，把饼咽了下去。

"社长，那人要还多少钱啊？"铃木的眼神很是专注。

"嗯……具体数额我不好说。"忠昭挠了挠斑白的鬓角，"反正是一大笔钱，怎么说呢……也算是雪中送炭吧。"

"哦……"铃木露出微笑。

一旁的田中眼里也浮现出了笑意。"如今这世道，竟有人会爽快地还钱啊。"

"这不是理所当然的嘛。"铃木笑着说。

"最近不是很多人欠债不还吗？连银行都很难撑下去了。"

"是啊……"

"确实有那种不讲义气的人，但还是有很多人值得信任。"忠昭总结了一番，随后看向贵子，"就是这样，你去把我的西装准备好吧。"

贵子点点头，说了声"知道了"，又说："我等会儿也想出去一下。"

"去哪儿？"忠昭的目光突然锐利起来。

"买东西……我想给秋穗买衣服。她说学校远足没有合适的衣服穿。"

"非要今天买吗？"

"我明后天都有事要忙。"

"今天别去了。"忠昭一口气喝完杯里的茶，站了起来。

丈夫一旦表现出这种态度，贵子再说什么都没用，她便不再开口。其他三名员工似乎也感到尴尬，匆忙吞下嘴里的东西，相继站了起来。

快到三点半时，忠昭开着车离开了。他身穿灰色西装，还罕见地打上了领带，提着一个运动包。

不久，贵子也做好准备出门了。她来到地铁月岛站时正好四点钟。七点半左右回去应该就可以了，她心想。

然而那天晚上，贵子将近八点才回到家。上小学五年级的秋穗正跟三年级的光太一起看电视。忠昭还没回来。她拿出在百货商场买的熟食，开始准备晚餐。

"爸爸怎么还没回来？"秋穗边吃炸猪排边说。

"是啊。"贵子应了一声，看向电视机旁的时钟，八点半了。

十一点，忠昭还是没有回来。打了好几次手机也无人接听。贵子把两个孩子哄睡后，独自坐在起居室里等丈夫。电视里新闻播音员正一脸严肃地报道着朝核问题，贵子几乎没有听进去。

身后突然传来咔嗒的响声。她猛地回过头，发现是秋穗穿着睡衣站在那里。"怎么了？不早点睡明早就起不来了。"

她用母亲的语气说道。

"爸爸还没回来？"

"他有事要加班。你别担心，早点去睡吧。"

女儿并没有乖乖离开，而是略显迟疑地低下了头。

贵子担心起来，用更温柔的语气问道："怎么了？"

"爸爸他不会有事吧……"秋穗小声说。

"什么有事……你说什么呢？"

"昨天晚上我看见奇怪的东西了。"

"奇怪的东西？"贵子眉头皱了起来，"什么奇怪的东西？"

秋穗抬起头，脸色看上去比平时苍白。她小声说："火……"

"啊？"贵子吃了一惊，"你说什么？"

"火球。"秋穗的声音比刚才清楚了一些。

"火球？在哪儿看见的？"

"车间。"秋穗说，"我夜里起来上厕所，爸爸好像还在车间里。我偷偷走过去，看见爸爸就坐在里面，周围黑漆漆的。我正要问他在干什么，就看见一个火球飞了起来……"

"怎么可能？一定是爸爸在烧东西。"

秋穗摇了摇头。"我当时马上问爸爸刚才烧什么了，可爸爸说他什么都没做，就看了一下图纸……"

贵子感到脊背发凉，但努力没有将恐惧表现在脸上。"一定是你看错了，这种事很常见。"

"我也以为看错了，可一直放不下心来，总觉得爸爸会遇到不好的事。他怎么还不回来呀？"秋穗惴惴不安地看了一眼电视机旁的时钟。

"怎么能这么说？太不吉利了。"贵子声音尖厉地说，"你赶紧去睡觉，明天起不来怎么办？还上不上学了？"

"妈妈，等爸爸回来了，你能告诉我一声吗？"

"知道了知道了，我会告诉你。"

听了贵子的话，秋穗总算转身走向二楼了。上楼前，她看了一眼通往车间的门，喃喃道："这种感觉真讨厌……"

房间里又剩下贵子一人，她拿起电视遥控器不断切换频道，却找不到能让她分心的电视节目。最后，她在起居室里待了整整一夜。窗外射进来的阳光把她唤醒，她这才发现自己趴在矮桌上睡着了。由于睡姿不好，她全身都在隐隐作痛，脑袋也昏昏沉沉。

时间刚过清晨六点，她又打了一次忠昭的手机，依旧无人接听。她马上打开电视，正在播早间新闻。她想看看是否有关于忠昭的报道，但并没有发生相关的事件。更何况如果真的出事了，警方应该早就联系她了。她心情沉重地开始准备早餐，脑子里一直想着秋穗昨晚说的话。火球？怎么可能……

七点，秋穗起床了。平时这个时间她应该还在睡觉，只见她的双眼有点红肿。"爸爸最后还是没回来呀？"她对正在煎厚蛋烧的母亲的背影说。

"一定是在哪儿喝醉了回不来吧。"贵子努力装出开朗的声音，"很快就会回来了。"

"不用报警吗？"

"没事的，没事的。"其实，贵子也开始考虑这么做了。是不是该报警了？不，还是再等等吧。

不久，光太也起床了。儿子对父亲彻夜不归一事似乎并不怎么担心。秋穗也没对弟弟说起火球的事。

两个孩子去上学后，员工们很快来上班了。听说社长一直没回来，他们有些吃惊。

"真让人担心，不如报警吧！"铃木说。

"我想他可能是在什么地方醉倒了。"

"社长不是那种人。"田中马上否定道。

该怎么办？贵子找坂井商量。他是工厂资历最老的员工。

"要是他下午还不回来，还是报警比较稳妥。"坂井思索片刻后回答道。

贵子听从他的建议，决定再等一段时间。员工们都若有所思地开始了工作。

九点，十点，十一点，指针一刻不停地转动着。到了午休时间，忠昭还是没回来。贵子为大家端茶时也心不在焉的，一直望着时钟的方向。她下定决心，下午一点就打电话报警。

不过她没有必要打电话了。午休结束，快到一点的时候，电话响了起来。

是警察打过来的。


## 2

大桥酒店坐落在日本桥浜町。首都高速公路架设在建筑物上方，箱崎出口就在不远处。酒店大门正对清洲桥大道，出门右手边就能看到清洲桥。想必酒店名就取自那座桥吧。

这是一家又小又旧的商务酒店，整个酒店只有一部电梯，足见其年代久远。

草薙俊平坐在一楼狭小的咖啡厅里，喝着并不怎么好喝的咖啡。周围没有别的客人。

"草薙先生。"有人打着招呼向草薙走来，是酒店的代理经理蒲田。天气不怎么热，他的额角却沁出了汗水。

"您好。"草薙点头打了声招呼。

"能打扰您一会儿吗？"蒲田小声问道。

"没问题。"草薙回答。

代理经理先看了一眼无所事事的前台员工，然后才在刑警对面坐了下来。"请问情况怎么样了？"

"您说的情况是指什么？"

"调查有进展了吗？"

"暂时还没有。"

"这样啊。有传言说死者的太太没有不在场证明……"

听了这个在酒店工作的中年人的话，草薙在人造革沙发上坐直了身子。"我们正在考虑所有可能性，其中也有让电视台和新闻媒体喜出望外的内容，他们无疑会把那些信息添油加醋地公开。请千万不要轻信那些不知所谓的消息。"

"我们也不想轻信，可是做这一行的实在太害怕出这种事了，所以很希望警方能尽快解决。"

"您的心情我很理解，我们正在全力调查此事。"

"那就拜托您了。哦，对了，还有，"蒲田凑近草薙，"那个房间要维持现状到什么时候啊？"

"我需要问问上级才能给您答复，毕竟我们还要在那里继续调查。有什么问题吗？"

"也不是说问题，只是房间里发生了那种事，如果一直保持原状，会有各种流言蜚语。您也经常听说吧？哪里的酒店会闹鬼什么的。"

草薙恍然大悟般点了点头。"嗯，确实经常听说。"

"老实说，我想尽早处理。"

"知道了，等我跟上司确认过后就给您答复。"

代理经理低下头说了一句"拜托您了"，便离开了。他身材虽胖，背影却显得有些瘦弱。

草薙刚掏出烟盒，就看见穿着黑色夹克的汤川学从正门走了进来。他皱了一下眉，把香烟放了回去。在汤川面前抽烟是大忌。"怎么这么慢？"

"抱歉，正好有学生找我问问题。"

"问问题？不会是恋爱问题吧？"

草薙当然是在开玩笑，汤川却面无表情。"是高于恋爱的问题。他想跟喜欢的女孩子结婚，却遭到双方父母的反对，所以来问我该怎么办。"

"在校生结婚吗？他为什么要找你商量？"

"我怎么知道。"

"你给出什么建议了？"草薙笑眯眯地问。

"我说，我要是他们父母，也会反对。"

"什么？没想到你的想法这么老旧。如果是我，一定会说'你得表现出不顾父母反对的勇气'。"

"这不是老旧不老旧的问题，我只是说出了统计学结果而已。"

"统计学？"

"这个问题的关键在于，是后悔过早结婚的人比较多，还是后悔应该早点结婚的人比较多。"

草薙目不转睛地凝视着年轻的物理学家，他很想问：抱着这种想法生活的人真的快乐吗？但他没有问出口。

"好了，带我去看看现场吧。"汤川说。

"你不喝咖啡吗？"

"算了，闻味道就能推测出他们用的咖啡豆不怎么样。"汤川吸了吸鼻子，转身走了。

你小子平时喝的明明是速溶咖啡，草薙想着，追了上去。

现场在 807 号房间，是个双床房。

"被害人矢岛忠昭十三日下午三点五十分左右在前台登记入住，他没让工作人员带路，自己找到了房间，此后再也没人目击到矢岛，我说的是他活着的时候。"草薙站在房间门口，看着手上的记事本展开了说明，"酒店的退房时间是上午十一点前。可是第二天直到十一点，也没见到这个房间的客人出现，往房间里打电话也没人接听。快到十二点的时候，酒店工作人员前来查看情况。确认敲门没有应答后，他们用万能钥匙开了门。"

酒店工作人员看见一名男客人呈大字形躺在里面那张床上，而且一眼就看出他并不是睡着了，因为那人脖颈处有明显的异常痕迹，皮肤的颜色也不正常。

"是绞杀，用细绳一类的东西将被害人勒至死亡。"

"有没有打斗痕迹？"

"没有。被害人似乎服了安眠药。"

"安眠药？"

"应该是混入罐装咖啡里了。"

窗边摆着一张小桌和两把椅子，正好能让两个人对坐。发现尸体时，桌上放着两罐咖啡和一个烟灰缸。矢岛忠昭的解剖报告出来后，他们重新调查了那两罐咖啡，从其中一罐中检测出了安眠药的成分。另外，罐装咖啡应该是从走廊上的自动售货机买的。

"推测死亡时间是十三日下午五点到七点，这一点可信度很高，因为被害人当天下午三点左右食用过豆沙馅糯米饼，馅料的消化程度与推测的死亡时间一致。"

随后草薙又说，矢岛忠昭离家时声称去取别人返还的借款，先前用山本浩一这个名字预订了酒店。草薙相信汤川不会到处乱说，也知道在找他帮忙时最好把所有信息都说出来。

"从你说的话来看，我还不知道有什么问题。"汤川看了看室内简陋的装潢说，"说要还钱的人不就是凶手吗？可能那人根本还不了钱，所以把被害人骗到这家酒店，将其杀害了。"

"我们最初想到的也是这种可能，但无论怎么调查，都没找到与之相符的人。"

"一定是你们查得不彻底吧。不管怎么说，我还是不明白你为什么要给我打电话。一起简单的绞杀案，应该用不到物理学家吧。"

"问题就在这里。这起看似简单的绞杀案，有两个地方让我想不通。"草薙竖起两根手指，指向地板，"你先仔细看看床边的地毯。"

汤川走过去弯下腰。"有一块烧焦的痕迹。"

"对吧？"

地上铺着米色地毯，上面有个宽一厘米、长五厘米左右的焦痕。

"酒店的人说之前并没有这种痕迹。"

"那人在说谎吧？再说这家酒店也有些年头了。"

"你觉得他会为了面子对警察说谎吗？"

"算了，你还有什么想不通的？"

"这个。"草薙把手伸进上衣口袋里，掏出一张照片，"其实我不该给外部人员看这个的。"

汤川看到照片，微微皱起了眉。"这确实不是什么好看的照片。"

"忍忍吧，我连实物都见过。"

照片拍的是尸体上的勒痕。与普通的勒痕不同，这道痕迹边缘的皮肤都开裂了，血也从中冒出。

"难道是因为力度过大导致皮肤撕裂吗？"汤川喃喃道。

"不，尸检报告上说这更像是擦伤。将细绳紧贴皮肤，横向拉扯就会变成这样。"

"一般的绞杀不会造成这种痕迹？"

"绝对不会。"草薙断言道。

汤川低吟片刻，举着照片躺倒在尸体曾经躺过的床上。虽然痕检工作已经完成，汤川这样做并不会影响调查，但草薙心里还是感叹，这家伙还真敢往上面躺。

"目前还没有找到任何嫌疑人吗？"汤川问道。

"也不能说一个都没有。"草薙拢了拢额前的头发，继续道，"我们目前认为嫌疑最大的是死者的妻子。"

"他妻子？动机呢？"

"保险金。"

"哦……这么说被害人购买了巨额人寿保险吗？"

"买了五家的保险，总保额超过了一亿日元。"

"原来如此，这确实很可疑。"汤川用胳膊撑起脑袋，将身体转向草薙，"看来你们已经对她进行了严厉的问讯。"

"我不知道算不算严厉，反正请她谈过好几次。"

"感觉如何？"

"很可疑。"草薙直言道，"案发当天她下午四点出了门，晚上八点左右才回到家。她说是出去购物，可不在场证明确实不够充分。她五点前后在银座一家百货商场挑选童装，这一点接待她的店员给出了证词。七点过后又在另一家百货商场地下的食材店购买了炸猪排和可乐饼，当时上班的店员也记得她。但在此期间，她就没有任何不在场证明了。从银座到这里乘坐出租车只需要十到十五分钟，完全足够她完成犯罪。"

"她本人说那段时间在干什么？"

"她说在咖啡厅喝茶，但是不记得店名了。不但提供不出收银条，对咖啡厅的记忆也过于模糊。"

"原来如此。"汤川再次摆出仰躺的姿势，盯着天花板说，"银座的百货商场即便是工作日应该也很热闹，童装卖场和食材店的店员竟然能记得那个人。"

"她好像在童装区为了一件夹克犹豫了将近一个小时，最后还是没有买。因为实在太恼火，负责接待的店员才记住了她。至于炸猪排，是因为她一直站在店门口，等到快要打烊、食品打折甩卖时才进去，所以店员记住了。不过这种不在场证明有多少都没用，最关键的是五点到七点那段时间。"

汤川一言不发，一动不动地好像在思考什么。草薙知道这种时候对他说什么都没用，便找了把椅子坐下来等待。

过了一会儿，汤川说："能带我去被害人家里看看吗？"

"可以啊。"草薙站起来，"你有兴趣了？"

"我感兴趣的是，"汤川坐了起来，"那位太太为何没有不在场证明。她怎么会没有呢？"

## 3

矢岛工业的车间内，三个男人正各自忙碌着。其中两个三十几岁的人分别是铃木和田中，最年长的则是坂井。

正在用钻孔机给金属板打孔的铃木一看见草薙就撇了撇嘴。"怎么又是你，还有什么事？"

"今天没什么特别的事，就是想看看车间内部的情况。"

"看是可以，但不能打扰我们工作。经济虽然不景气，我们还是有活要干的。"

"这我当然明白。"草薙露出殷勤的笑容。

铃木又瞥了一眼汤川，咂了咂舌。"老板娘今天又被你们警察叫过去了，这到底是怎么回事？"

"我们有许多事情需要确认。"

"什么确认、确认的，太奇怪了吧？你们难道真的在怀疑老板娘？那可太蠢了。老板娘怎么可能——"

"和！"里面传来坂井的喊声，"少说废话，赶紧干活！"

"啊，好！"铃木挥了挥手，重新转向钻孔机。随后他偷偷瞥了一眼草薙二人，再次大声咂了一下舌，仿佛在说都是他们害自己挨骂。

草薙跟着汤川一起把车间内部查看了一遍。他并不明白这样做的目的，但这是汤川提出的要求。

车间里摆着好几台机器和大型电源。过去这里应该有更多工人，现在恐怕只剩下这三个了。

"这些人有不在场证明？"汤川边走边小声询问。

"确认过了，三个人都有不在场证明。两个年轻的一直在这里干活，我们也拿到了邻居的证词。最年长的坂井到客户那儿送货去了，那家公司在埼玉，再怎么赶，单程也要一个半小时。我们已经查证过，他五点半离开客户的公司，七点刚过就回到了这里，没时间绕路到大桥酒店。"

汤川无声地点了点头。

田中正在制作白色塑料容器。他的工作是将两个形状复杂的容器拼接成一个，且不使用黏合剂，而是将容器边缘热熔后迅速拼接起来，也就是焊接。用来加热边缘的工具是个像宽面条一样扁平的加热器，已经事先被弯曲成了和容器边缘一样的形状。

"原来是这样，真是精巧。"汤川站在田中背后感慨地说，"使用与容器边缘形状相同的加热器，能够同时让每个位置得到同等程度的熔化。"

"这可是我们厂的得意功夫。"田中粗声粗气地说，语气里透出几分自豪。

"这是在做什么呢？"汤川问。

"装玻璃水的容器，虽然还只是试做样品。"

汤川点了点头。这完全是物理学家关心操作现场技术的态度，草薙不禁觉得他已经把案子抛到了脑后。

汤川目光扫向前方的墙壁，突然停住了。"那是什么？"

草薙也看了过去，只见墙上贴着写有"一射入魂"的书法作品。

"那是社长写的。"身后传来一个声音。两人转身一看，是坂井。

"啊，是吗？"草薙说，"这是什么意思？"

"说的是射击。"坂井用手指摆出手枪的造型，还做了个开枪的动作，"意思是让我们用射击时的专注来投入工作。"

"哦……矢岛先生会射击吗？"

"不知道，反正我没听说过。可能就是个比喻吧。"

草薙点了点头，心里却并不认同，为什么要比喻成射击呢？

"对了，"坂井摘下手套，来回看着草薙和汤川，"刚才和也说了，你们就别再怀疑老板娘了。"

"我们并没有怀疑她。"

听了草薙的话，坂井摇了摇头。"我就直说吧，那天是社长自己说有人要还钱给他，然后出了门。老板娘怎么会是凶手呢？"

"把矢岛社长叫走的可能另有其人，"汤川在一旁说，"那人或许是受社长夫人委托的。"

坂井盯着汤川看了一会儿，叹息一声。"你们之所以会这么想，是因为不理解那对夫妻。两人从打零工做起，把公司扩大到了现在这个规模。我很清楚他们是怎么互相扶持过来的。他们绝不可能背叛对方。"

草薙不知如何反驳，只得保持沉默。汤川也一言不发。

"真不好意思，能请你们离开吗？老板娘快回来了，她应该不想回到自己家还要面对警察。"坂井的语气里透着一丝敌意。

离开矢岛工业后，汤川说的第一句话是："匠人果然很厉害。那些技术，不，应该说是匠人技艺，才是自动化应该钻研的课题。"

"先别管这个了，你有什么发现？"

"发现？"

"少给我装傻，不然你以为我带你到这种地方来是干什么的？"

看着草薙略显烦躁的样子，汤川意味深长地笑了笑，从裤子口袋里掏出一样东西。那是一根粗两三毫米、长十几厘米的白色绳子，一端系成了一个圆圈。

"这是我在车间里捡到的。"

"啊？什么时候捡的？"草薙拿过绳子仔细一看，发现那并不是普通的绳子，而是由几束细线缠绕而成。"这是什么？"

"我也不知道。我更想问的是，尸体脖子上的勒痕与这根绳子的纹理看起来是否一致？"

草薙闻言开始回忆尸体的样子，同时凝视着那根绳子。"嗯……有可能一致。"

"那就有意思了，非常有意思。"物理学家嘴上这么说着，眼睛里却没有笑意。


4


案发一周后，矢岛贵子突然提出了自己的不在场证明。她主动前往搜查本部所在的久松警察局，向负责调查的警官出示了一张收银条。她声称那是案发当天她去过的那家茶室的收银条，本以为已经扔掉了，没想到从手提包里翻了出来。上面的日期确实是十三日，完成支付的时间是下午六点四十五分。

茶室名叫"璐芙兰"，草薙正好有空，便跟后辈牧田一起去取证。

璐芙兰位于银座三丁目一座大厦的二楼，隔着玻璃窗能俯瞰中央大道。内部的装潢和装饰品都极具品位，似乎是想突出高级店铺的定位。由于矢岛贵子说她是随便找了家店，草薙原本以为是一家大众化的咖啡厅，来到这家店后有些意外，而矢岛贵子竟能把这么好记的地点忘掉，未免有些太奇怪了。

　　"啊，您说这位客人吗？嗯……确实来过。"年轻的店长看着草薙出示的照片说。他有一张晒成小麦色的脸，与身上的白衬衫十分相称。照片上的人是矢岛贵子。

　　"确定没错吗？"

　　"绝对没错。嗯……我记得她是上周四来的。"

　　上周四正是十三日。

　　"这里每天有这么多客人，您还能记得这么清楚？"

　　"其实我们也在找这个人。"店长说，"她落了东西在店里。"

　　"落了东西？"

　　"请等一下。"店长走到收银台，拿着一个小纸袋走了回来。随后，他当着草薙二人的面拿出了袋子里的东西——一个旧粉饼盒。"她离开时把这个落在了座位上。我觉得她可能会回来取，就一直保管在店里了。"

　　"我们替您转交给她吧。"

　　"那真是太感谢了。"

"对了，"草薙说，"您确定是这张照片上的女人吗？麻烦您再仔细看看。"

　　年轻的店长似乎略感意外，又看了一眼照片。"确实是这个人没错。"说完，他把照片还了回去，"其实那天还发生了一个意外，也不算什么大事。"

　　"什么意外？"

　　草薙问完，店长先是看了看四周，随后凑过去说："这位客人的饮品里进了虫子。"

　　"虫子？"

　　"一只一二厘米长的小飞蛾，就泡在她的冰茶里。"

　　"所以这位客人就闹起来了？"

　　"没有。"店长摇了摇头，"她叫住当时正好在旁边的我，小声地告诉了我。托她的福，其他客人都没发觉。当然，我马上给她换了新的饮品。"

　　"还发生过这种事？"草薙心想，矢岛贵子为什么不跟警方说这件事？就算想不起店名和地址，如果真的想证明自己没有作案时间，这种事必然要提到。

　　"请问，"牧田对店长说，"这种情况一般不会向客人收取饮品费用吧？"

　　"当然不会，可当时那位客人无论如何都要付账，我只能收下了。"

"无论如何都要付账吗……"草薙凝视着正在收银台结账的客人，那人正接过店员递来的收银条。难道矢岛贵子想要收银条？草薙不禁想。

离开茶室，草薙和牧田又来到矢岛家。贵子已经回到家了。她看见草薙拿出来的粉饼盒，露出高兴的表情。"原来落在那家店里了吗？我还在想它是怎么丢的呢。"

草薙又问了她冰茶里进了飞蛾一事。她露出一副刚刚才想起来的表情。"这么说起来，确实发生过那种事，我当时怎么就没想起来呢？对，是这样，饮料里泡着一只小飞蛾。不过我还一口都没喝，所以觉得没什么大不了的。"

"如果您能早点想起，就不需要总是往警察局跑了。"草薙试探道。

"是啊，不过我实在是心烦意乱，都没办法思考了。真是对不起。"贵子低下头说。

草薙离开矢岛家时，正好看见秋穗走过来。她的脚步看起来很沉重。草薙突然想起他还未向这个女孩问过话。

"你好。"草薙打了声招呼。

秋穗停下脚步，露出戒备的神情。

"刚放学？"草薙笑着问。

"找到凶手了吗？"秋穗表情僵硬地问道，语气中带着大人的老成。

"我们正在调查呢。如果你有什么线索，也一定要告诉我们。"

只见秋穗好像突然闹起别扭来。"大人怎么会相信我说的话。"

"怎么会不相信呢？你有什么话想告诉我吗？"

秋穗看着草薙。"我觉得你一定不会相信的。"

"我相信，我保证。"

秋穗似乎有些犹豫，但没过一会儿便说了起来。她的话确实很难让大人相信，草薙听到一半也只剩下单音节的回应了。什么火球，肯定是看错了吧？这跟案子没有关系，他心想。

听完草薙二人的汇报，上司间宫警部露出了苦涩的表情。不得不承认，矢岛贵子的不在场证明牢不可破。从外出到回家的所有行动几乎都得到了证明。中间当然存在二三十分钟的空白，但这点时间不足以完成犯罪。

"这下又得从头开始了。我还以为他老婆绝对有问题呢。"间宫似乎还不想放弃这条线索。

警部一直怀疑矢岛贵子，不仅是因为她缺乏不在场证明。真正的原因是，矢岛忠昭的人寿保险中，有一大半都是近几个月间签下来的。

"不过我还是觉得有点说不通。她没发现粉饼盒丢了，这还不算奇怪，可饮料里漂着虫子应该是让人印象深刻的事。

我们问到不在场证明时，她应该当即说出来才对啊。"

"她本人说当时没想起来，我们也只能相信。"间宫闷闷不乐地说，"难道她还有一个男性共犯吗……"

这也是搜查本部认为最有可能的推测，然而他们并没有在贵子身边查到这样的男人。

"矢岛工业的员工中，有两个人是 A 型血，一个人是 O 型血，没有 B 型血。"牧田说。目前他们认为，凶手的血型可能是 B 型，这是从现场烟灰缸里的烟蒂上推断出来的。被害人矢岛忠昭是 O 型血，而且不吸烟。

可以说，烟蒂是凶手留下的唯一线索。桌上摆着两罐咖啡，其中一罐上被擦去了指纹。同时，房间门把手等处也有同样的擦拭痕迹。现场还留有矢岛忠昭携带的运动包，里面只有一些公司文件。

那天晚上，草薙正在警察局旁的拉面店吃迟来的晚餐时，手机突然响了，是汤川打来的。

"后来怎么样了？"汤川的语气很悠闲。

"举步维艰。矢岛贵子给我们来了一记意想不到的绝杀。"草薙简单说明了她的不在场证明。

"真有意思，"汤川似乎很感兴趣，"这个案子的诡计越来越明显了。"

"诡计？"草薙不自觉地握紧了手机。

"我想给你看个东西，明天晚上到我研究室来。"

"别卖关子了，赶紧告诉我。"

"百闻不如一见。明天见。"

"啊，等等！"草薙急忙说，"有件事你应该会感兴趣，想听吗？"

"要看内容如何。"

"你绝对想听，是有关火球的事。"

"哦……"

"是不是很想听？"草薙把从秋穗那里听到的话原原本本地告诉了汤川。

"太棒了！"汤川在电话另一端说，"我很期待明天和你见面。"

"啊，喂——"等草薙喊出声来，电话已经挂断了。


## 5


草薙走在帝都大学理学院的校园里，心想晚上的大学真够瘆人的，他回想上学时有没有在这么晚走在校园里。羽毛球社会训练到很晚，但都一直待在体育馆里。

草薙敲响物理系第十三研究室的门时，时间是晚上八点过后。走廊上还是能见到几个学生模样的年轻人，于是他又想，理科生真是辛苦啊。

汤川坐在椅子上，手里端着看起来廉价的马克杯，杯子里估计又是他常喝的速溶咖啡。"我刚做好准备工作，正在休息。你也来一杯吧。"

"不，算了。"草薙摆摆手，看了看旁边的工作台。上面躺着一个塑料人体模型的上半身。"这是什么？"

"没必要说明吧，你就把它想象成被害人矢岛忠昭。我从研究照明效果的研究室那儿借来的。"

"你有什么发现？"

"也不能称为发现，只是得出了结论。"

"什么结论？快告诉我。"

汤川放下马克杯，起身走向工作台。"这个塑料模型还挺重的，仅是上半身就这么重，要是借了全身可能会把我累坏。"汤川转向草薙，"连假人都如此，换成真人肯定更难办了。更何况被害人体格强壮，也不像假人这么硬。要把他的身体挪到床上，应该要费很大的功夫。"

"嗯。"草薙应道。

"单从现场情况来推理，矢岛应该是与凶手隔着桌子面对面，当然，还坐在椅子上。他喝下掺了安眠药的咖啡，不久就睡着了，最后被凶手勒死。不过，"汤川竖起食指说，"为什么凶手要把矢岛放到床上？如果凶手的目的只是杀人，完全可以把坐在椅子上睡着的矢岛直接勒死。"

草薙把手抵在下巴上。这太有道理了，他真不敢相信此前竟然没人注意到这一点。

"无法解释的还不止这一点。凶手为何没有扔掉摆在桌上的罐装咖啡？那上面虽然有擦去指纹的痕迹，可他既然要花时间擦拭指纹，倒不如直接带走更保险。还有烟灰缸里的烟蒂也一样。如果说这是凶手一时不小心，未免有些牵强了。"

"那你说到底是怎么回事？"草薙焦躁地问。

汤川摘下眼镜，用白大褂的一角擦了擦镜片，重新戴上。"我的推理是这样的：矢岛本人主动躺到了床上，罐装咖啡和烟蒂的主人都不存在，全是他自己准备的。矢岛忠昭并非被杀，而是伪装成他杀的自杀。"

"自杀？"草薙拔高了声调，"你开玩笑吧？那种情况要怎么解释成自杀？"

"按照常理来解释，我得出的结论就是这个。为了挽救家庭和员工，他选择了死。但购买人寿保险未满一年内自杀是不符合赔付规定的。"

"不可能。我算是见过无数尸体了，可从没碰到自己勒死自己的。我不是说不可能。我听说用湿毛巾勒住脖子，即使在失去意识后毛巾也不会松开，这样就能确保自己丧命，但这只是例外。从这次的绞杀痕迹来看，绝不可能是他自己勒的。"

"这次的案子是例外中的例外。矢岛忠昭利用缜密的计划把自己给勒死了。"

草薙摇着头，不断强调这不可能。

汤川从白大褂的口袋里掏出了一样东西，那是他在矢岛工业的车间捡到的绳子。"我知道这是什么绳子了。你猜猜看？"

"猜不出来。"

汤川闻言，转身走到了书架后面。不一会儿，他再次出现，手上多了一样让草薙感到意外的东西——射箭用的弓。

"这是……"

"这根绳子其实是弓弦。你瞧，一模一样吧？"

弓上张着一根细细的弦，与在矢岛工业的车间里捡到的绳子对比后，草薙发现两者确实一模一样。绳子一端系成的圆圈原来是套在弓上固定用的。

"你还记得工厂的墙上贴着'一射入魂'的书法吗？那是学习过射箭的人常用的话。我以前有个射箭社的朋友就说过。你可以仔细查查矢岛忠昭的履历，我认为，他有射箭经验的可能性超过八成。"

"那我查查吧，可是这跟案子有什么关系？"

"我接下来就要说明了。如你所见，弓弦是被一股很大的力绷紧的，我认为，矢岛忠昭可能利用这个力把自己勒死了。问题在于他使用的方法。"汤川回到工作台边，把弓放在距离假人头部几厘米的地方，又调整了一下位置，让弓弦正好碰到假人的脖颈。这样一来，假人的头部就被套在了弓与弦之间。

"好了，现在这样当然是什么都不会发生的，此时需要另外一根弦。"汤川打开工作台的抽屉，又拿了一根弦出来，"这根弦要比张在弓上的弦长三十厘米左右，是我专门去射箭社请人帮忙做的。据说射箭高手都是买来弓弦用的细丝线，亲手制作适合自己的弦。不过，帮我做这根弦的同学也自言自语地说，他从来没做过这么长的弦。"

汤川把长弦的一端挂在弓上，在假人的脖子上缠绕一圈，又把另一端挂在了弓的另一头。这样一来，弦的长度就富余不多了。

"像这样在弓上张两根弦，只不过现在绷住弓的是短弦。在这个状态下，如果短弦断掉了会怎么样？"汤川问草薙。

"当然是弓会变直了。不过弓上还有另外一根弦……"

"那么使弓弯曲的作用力就会转移到那根弦上。弓弦被绷紧，也就意味着假人的脖子被勒住了。"汤川微笑起来，好像在说：这下你明白了吧。

"你是说，矢岛在设置好这个机关后，亲自剪断了短弦？"

"虽然那样就能死掉，可他并没有这么做，而是先服下了安眠药，让自己在梦中死去。"

"他还专门做了手脚，让短弦自动断开吗？比如使用计时器什么的。"

"应该是用了计时器。问题是切断弓弦的方法，这让我费了不少脑筋。因为射箭使用的弦的材料都非常结实，用裁纸刀或剪刀确实能切断，但要其自动断开就需要非常复杂的装置了。所以我就想，能不能做一个简便的机关。"

"最后，你不负天才物理学家的盛名，想出了好办法,对吧？"

"准确地说，并不是我想出来的，毕竟我也得到了一点提示。"说完，汤川又拿起了他捡来的绳子，"这根断弦应该是矢岛忠昭反复试验时掉落在地上的，所以我仔细观察了弦的断面。结果我发现，这上面果然没有利器切割的痕迹。再用显微镜观察，可以看到构成弦的每一根丝线的尖端都是圆滑的。然后我就知道他的手段了。"

"什么手段？"

"热。"

"热？"

"制成这根弦的素材是高密度聚乙烯，物理强度很高，却不耐热。也就是说，最快捷的办法是用热来熔断弓弦。这又关系到该如何加热了。"汤川拿起放在工作台一角的电线，电线的一端连着一根长约五厘米的金属棒，"就是用这个。电线上的东西，你看着很眼熟吧？"

草薙觉得脑子里一片空白，露出了困惑的表情。

"我们不是在矢岛工业的车间里见过吗？这是他们用来制作装玻璃水的容器的加热器。把他们的加热器切短，就成了这个样子。"

"啊！"草薙想起来了，是当时田中在用的机器。

汤川用钳子夹起加热器尾端，轻轻触碰绷紧的弓弦。"矢岛忠昭应该准备了一个能把加热器固定在这个状态的简单道具，不过今天我就这么拿着吧。本来他还使用了定时器，我手头也没有，还是用草薙定时器吧。"

"什么草薙定时器？"

"听到我喊开始，你就把加热器的电线插头插上。"

草薙闻言，拿起插头，走到插座前做好了准备。

"这个实验有点危险，你千万不要靠近弓，但要仔细看着。"

"知道了。"

"好，可以了，通电吧。"

听到指令，草薙把插头插了进去。

汤川手上的加热器瞬间就变红了，跟他在矢岛工业车间看到的一样。"弦要断了！"汤川大声说。

很快就听见啪的一声，弓和假人都弹了一下。刚才还绷得紧紧的弓弦已经断开，无力地垂向了地面。另一根弦则绷了起来，同时紧紧绞住了假人的脖颈。

"别移开目光，还没结束。"汤川说。

加热器还在持续加热，马上就要把另一根弦也熔断了。

伴随着一声巨响，弓在工作台上弹了起来。与此同时，切断的弦也在空中画出了一道曲线。由于切口还在燃烧，这光景仿佛火球在舞动。

"断电吧，草薙。"

听到汤川的话，草薙慌忙拔出插头。

汤川小心翼翼地把还非常烫的加热器放进了水槽。

"刚才那个就是火球的真相吗……"草薙喃喃道，"案发前夜，矢岛做了最后一次试验，秋穗正好看到了。"

"酒店地毯上的焦痕，应该就是着火的断弦落在上面造成的。另外，"汤川说着，抬手指向假人的脖子，"你看看这个。"

草薙顺着他手指的方向看过去，忍不住发出小小的惊呼。

只见假人的脖子上出现了一道明显的擦伤，并不是单纯的勒痕。

"正如你所见，第二根弦断掉后，就再也没有能绷住弓的作用力了，因此弓会变直。变直的同时，猛地拖动缠绕在脖子上的弓弦，其摩擦就形成了这样的伤痕。"

"原来矢岛脖子上的伤痕就是这样来的。"

草薙在旁边的椅子上坐了下来。这样一切都解释得通了。

"怎么样，草薙警官？"汤川问道。他嘴角浮现出实验成功的满意微笑。

"可是现场并没有发现这些机关啊。"

"当然是被共犯拿走了。这看起来像个不得了的机关，其实用到的东西并不多。就连这把弓也能拆卸成三部分，轻松地装进运动包里带走。"

"有共犯？"

"应该是，其概率有 99.9%。"

草薙陷入了沉思。如果是深夜前往那家酒店，被人看到的风险也会很小。矢岛忠昭与共犯应该是事先商量好了藏匿房间钥匙的地点。共犯找到钥匙后，径直前往酒店房间，随后尽量不触碰尸体，把现场的所有机关道具收拾干净。但这样一来，矢岛忠昭带去的包就会空空如也，共犯应该是把带去的文件等物放进了包里。

"共犯是矢岛贵子吗？"草薙问。

"你这么想吗？"汤川反问。

"难道不是？"

"我认为矢岛忠昭并没有把计划告诉她，因为一般人听到后都会劝阻。"

"那么……是那个男人？"草薙脑中浮现出坂井善之的脸。

“恐怕是的。他的不在场证明比任何人的都完美，这一点反倒很可疑。”

“好。”草薙站了起来，“汤川，你能再做一次这个实验给我们科长看吗？”

“如果有必要，就只能做了。”

“绝对有必要。”草薙说完，转身跑出了研究室。


# 6

听完草薙的汇报，间宫警部也惊叹不已。不仅是他，其他侦查员似乎也受到了冲击。

警方马上调查了矢岛忠昭的履历。正如汤川所言，他自学生时代起接触射箭，已有将近十年的经验。另外，警方还在东京某射箭器材商店查到，他曾在那里购买过弓弦材料。但警方几乎没找到任何称得上收获的东西。没有物证能证明，酒店房间里确实发生过汤川在实验中做的事。

矢岛工业的车间里自然具备加热器、计时器、电线等让实验成立的器材，但并不能证明真的发生过那样的事。

时间就这样在侦查员的焦躁中毫无意义地流逝了。

案发一个月后，草薙再次来到汤川的研究室。这是他目睹那场实验后第一次踏进这里。

"看来，案件的调查陷入困境了。"听完草薙的话，汤川说道。

"应该说，我感觉我们的工作就到此为止了，接下来该交给搜查二科那帮人了。"

"这就是所谓的保险金诈骗案吗？"汤川盯着电脑屏幕说。草薙完全不理解屏幕上那些复杂图像的意义。"你们没找到弓？"

"只在矢岛家的储物室里找到了盒子，最关键的弓却不见了，可能已经被坂井处理掉了，毕竟那上面可能留有机关的痕迹。"

"如果是他们，恐怕真的会这么慎重。"汤川的表情看上去毫不意外。

"这次的案子最让我难以理解的其实是矢岛贵子。她真的与矢岛忠昭自杀一事无关吗？"警方也针对贵子展开了彻底调查，但并未发现任何与案件相关的线索。

"应该是没有直接相关吧？但不得不说，她也功不可没。"

"功不可没？"草薙看着汤川的侧脸，"什么意思？"

汤川把椅子转过来，面向草薙。"我认为矢岛忠昭没有把计划告诉他太太，并不意味着她就什么都不知道。她应该从矢岛忠昭跟坂井的言行举止中隐约察觉到了什么。"

"你是说，她猜到丈夫要自杀骗保了？"

"你一定想问她为何没有阻拦吧？我想，她也已经走投无路了。"

草薙无法反驳汤川的话。此前的调查已经证实，矢岛工业早已处在濒临破产的状态。

"所以她决定，也要以某种形式来协助丈夫赌上性命的计划，其结果就是那个不在场证明。"汤川继续道，"从你的话来看，她一共在三个地方制造了不在场证明。"

"对，首先是童装卖场，接下来是茶室，最后是百货商场的地下食材店。"

"你觉得她为什么要分成三个地方呢？"

"这……"草薙无言以对，因为他从未考虑过。

"我的推理是这样的：她并不知道丈夫打算几点自杀，只知道肯定是在坂井善之制造不在场证明的那段时间内。如果那段时间长达四五个小时，只在一个地点停留是完全不够的。"

"原来是这样。"

"还有一个理由。"汤川竖起食指说，"她这么做也是为了能随意挑选没有不在场证明的时间段。你们推测矢岛忠昭的死亡时间是下午五点到七点，并在此基础上展开了不在场证明的调查，因此她隐瞒了茶室的事，目的是将嫌疑引到自己身上。如果你们询问的是七点以后的不在场证明，她应该会隐瞒地下食材店的事。"

"先充分吸引警方的目光，再假装突然想起，提出自己的不在场证明？"

"你不觉得警方落入了她的陷阱吗？"汤川镜片后的双眼露出了揶揄草薙的目光。

"这还真没办法否定。"草薙爽快地承认道，"要是没被她吸引注意力，我们应该会有别的想法。确实感觉这次的初期调查被打乱了阵脚。"比如搜寻目击者，侦查员一直在寻找案发当天下午五点到七点间在酒店周边目击到可疑人员的人，然而那是毫无意义的，因为共犯坂井当天深夜才展开行动。"我们被她耍了。"

"这不是挺好的吗？"汤川满不在乎地说，"我倒是希望他们能顺利拿到赔付的保险金。不管是不是签约一年内的自杀，矢岛家确实失去了顶梁柱。"

"但这是犯罪。"

"这可能违反了规则，但一年这个数字究竟有什么意义呢？"

面对汤川的问题，草薙不知该如何回答。这是规则，他只能想到这样的答案。这时，他的手机响了。是牧田打来的，通知他又发生了新的案子。"我要出警了。"他站起来说。

"这回可别把案子拿到我这儿来了。"

听着汤川的声音从背后传来，草薙走出了研究室。

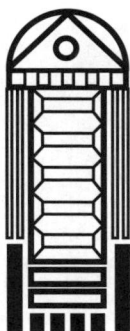
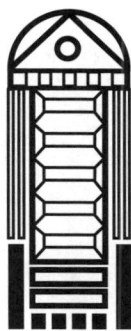

第五章

预知

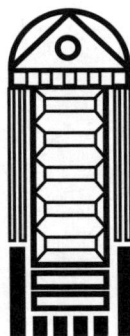
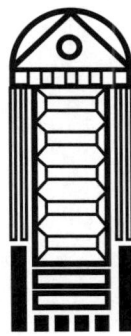

## 1

　　餐桌上摆着以海鲜为主的饭菜。静子很少做海鲜以外的肉类,因为她不喜欢吃。峰村英和带来了口味清爽的白葡萄酒,想必是熟知她的喜好。直树一直都很喜欢峰村这种性格——注意细节、体贴入微,甚至让人觉得他有这种心思却只能当技术人员实在太浪费了。

　　"听说酒泥陈酿一般都用较早收获的葡萄来制作,所以会有些许新鲜的味道。老实说,我不太明白这些东西。"峰村正在解释他带来的葡萄酒。很明显,他在注意不让自己的讲解令人感到不耐烦。

　　"真的呢,味道清爽,很好喝,对吧?"静子一手拿着高脚杯,转头寻求直树的赞同。

　　"嗯。"直树点了点头。其实他不怎么分得出葡萄酒口味的差别，因为他更喜欢日本酒。

峰村是直树的大学学弟，两人同属帆船社，相差三届，专业也不同，直树是经济系的，峰村则是工学系。大学时两人的关系算不上亲密，尽管同在帆船社，但毕竟是体育类社团，学长与学弟之间有一道看不见的壁垒。

峰村毕业后来到直树就职的公司，两人又频繁联系了起来。虽然宣传部的直树和产品开发部的峰村在工作上没什么来往，但还有帆船这个共同爱好。直树毕业后买了自己的船，每年都跟朋友出几次海，有了这么一个值得信任的后辈，自然会放心不少。

自那以后，直树与峰村一直保持来往，至今已经十年了。每次出海，峰村都会提前几天到直树家来商量行程，今晚也一样。顺便让峰村吃一顿妻子亲手做的饭菜，一直是直树对这个后辈的犒劳方式。

峰村带来的葡萄酒快被喝完时，放在客厅柜子上的手机突然响了。

"啊，菅原哥的手机响了。"峰村说。

"是啊，这么晚了打过来能有什么事呢？"直树站了起来，却没有急着去拿手机，因为他有种不祥的预感，同时也对忘记关掉手机的自己感到气恼。

手机一直响个不停，要是还不接，峰村和静子可能会起疑。

实在没办法，直树只好接起了电话。"喂，你好。"

电话另一端的人似乎屏住了呼吸，随后一个女人的声音传来："是我。"这个声音直树再熟悉不过了。

"啊……你好。"不祥的预感应验了。直树转身背对餐桌旁的两人。

"你在哪里？"

"不好意思，我现在有客人，过会儿再打给你。"

直树装腔作势的样子让电话另一端的女人笑了起来。"你在家吧？"

"嗯，对。我过会儿再给你打过去。实在不好意思。"直树飞快地把话说完，准备挂断电话。

"不准挂！你敢把电话挂掉，我就一直打。也不准关机，如果你敢关机，我就打你家的座机。我知道你家的电话号码哟。"

直树感到浑身发热，这个女人的态度明显跟平时不一样。"好的，我知道了。那麻烦你稍等一会儿。"直树把手机贴在耳边，开门来到了走廊上。他没有回头看峰村和静子，因为他不知道该摆出什么样的表情。他走进隔壁房间，那里一直被他当成书房。"你想干什么？别给我惹麻烦！"直树坐下来，对着电话说。

"你为什么觉得麻烦？就这么想把我藏起来吗？"

"你考虑一下情况好吗？刚才我老婆就在旁边。"

女人好像很意外似的"咦"了一声。"你不是答应我要跟你老婆说我们的事吗？让她知道有什么关系？"

"我不是告诉你还要再等等吗？这种事情要讲究时机。"

"你总这么说，我都听腻了！"

"总之明天我再给你打电话，可以了吧？"

"不行！"女人干脆地回答。

直树暗自叹了口气。"为什么不行？"

"我已经不相信你的话了。你根本不想和她分开吧？你一直都是这种态度，当然不打算离婚了！"

"我没骗你。你就别纠缠不休了，好吗？"直树小声说，他担心隔壁的静子和峰村听见。

"现在就去说！"

"啊？"

"现在就把我们的事告诉你老婆。"

"你别无理取闹了，有机会我一定会说的。"

"我怎么无理取闹了！"女人发出歇斯底里的声音，"你总说有机会、有机会，到底要我等到什么时候？我已经等不了你了，所以才打来电话！"

"你也知道这种事情急不来吧？"直树换上了恳求的语气。

"如果你不说，那就由我来说！把手机交给你老婆！"

"这怎么可能？我知道了，明天我们见个面好好说。你想约在什么地方？"

直树心里只想尽早结束这场闹剧，女人却对他的话充耳不闻。"让你老婆接电话！"

"别瞎说了好吗？"

"你觉得我会拿这种事开玩笑吗？"

"你现在确实不够冷静，不如先挂了电话认真想想。"

女人突然沉默了，这让直树感到毛骨悚然。"你才应该认真起来。"女人压低声音说。

"什么意思？"

"你在自己房间里吧？拉开窗帘看看。"

"什么？"

"我叫你拉开窗帘看看。难道你现在不想见到我吗？"

直树心里突然充满了不安。那女人究竟在想什么？他拉开了窗帘，眼前是一栋公寓楼，他能看见对面房间的阳台。那里的窗帘也被拉开了，一个女人正面对他站在房间里，看样子也拿着手机。

"你要干什么？"直树问。

"如果你一直不行动，我也做好了准备。"说完，女人向后退了几步。

对面房间里放着一个伸缩式晾衣架，晾衣杆的高度被调到了最高，上面一件衣服都没有挂。直树看清了上面挂着的一样东西，忍不住屏住了呼吸。那是一根绳子，一端系成了一个圆圈。

"喂，你想干什么？"

女人没有回答。晾衣架下方似乎放着什么东西，直树眼看着女人站了上去，然后转向他，把绳圈套在脖子上。

"喂，富由子！"直树喊出了女人的名字，"你这玩笑开得太大了！"

"这不是开玩笑。我刚才不是说了吗？我也做好了准备。"

"快下来，别干傻事！"

"想阻止我，就满足我的愿望吧。"

"知道了，我跟我老婆说，过段时间我一定会说！你千万别干傻事！"

"我不相信你！现在马上让你老婆接电话，我要把自己不惜拼上性命的想法亲自告诉她！"

"饶了我吧，你是在威胁我吗？让我里外不是人，难道你很高兴吗？"

"那你呢？让我受了这么长时间的苦，你很高兴吗？我已经受不了了，甚至想一死了之！"

"对不起，我知道是我让你受苦了。所以，那就……"

"把你老婆叫过来。"

"现在不行。"

"无论如何都不行吗？"

"因为我实在——"

"永别了。"

直树眼看着女人从垫脚台上跳了下来。晾衣架晃动了几下。

"啊！富由子！"直树大叫起来，"喂，喂！富由子！"

电话那头再也没有了声音。直树死死地盯着对面，女人的身体悬挂在房间里，头和双手都无力地垂着，看起来不像演戏。接着，他听见走廊传来跑动的声音，随之而来的是敲门声。

"菅原哥，快开门，出大事了！"是峰村的声音。

没等直树反应过来，峰村就自作主张地把门打开了。他见直树手上还拿着手机，脸上闪过踌躇的神色。"啊，真对不起，你还在打电话吗？"

"没……已经讲完了。"直树切断了通话。

"不好了，对面有个女人自杀了！"峰村双眼充血，激动地说。

"你看见了吗？"

"嗯，我不经意间看了一眼窗外，却发现……"说到这里，峰村似乎察觉到这个房间的窗帘被拉开了一半，"菅原哥，你也看到了吗？"

"啊，嗯……"

"最好还是报警吧，除了我们好像没人发现。"

"不，你等等！"直树叫住了准备离开房间的峰村，"静子呢？"

"夫人刚才也看到了，被吓得不轻，现在应该正躺在沙发上休息。"

"是吗……"直树咬紧嘴唇，脑子里闪过各种想法。以他现在的状态，一时半会儿无法整理好思绪。他感到一切都陷入了混乱。

"菅原哥，那我去报警——"

"等等！"直树抬起右手阻止道，"那女人跟我在交往。"

"啊！"峰村瞪大了眼睛。

"现在没时间跟你细说，反正事情就是这样。刚才那个电话就是她打来的，说我如果不跟老婆摊牌，她就去死。我还以为她只是想吓唬吓唬我……"

"没想到她真的自杀了。"

"嗯。"直树点了点头。他觉得浑身无力。

"怎么会……"峰村也不知该说什么好。

直树双手抱头。"这下糟了,如果警察到那女人的家里去，肯定会查到自杀原因，公司也会知道……啊……"

"我明白了，菅原哥。我先到那边看看，说不定把她送去医院还能救回来。我先走了。"

"能救回来吗……"菅原无力地应了一声。峰村的话虽然让他看到了一丝希望，但眼前还是一片黑暗。

"这我不清楚，可只能这么做了，不是吗？"

"是啊。那麻烦你帮我去看看吧。"

"好的，一有结果我马上通知你。"

"钥匙在这儿。"直树拉开书桌的抽屉，取出藏在角落的钥匙。

峰村却摇了摇头。"擅自进去不太好，我还是请管理员帮我开门吧。"

"啊，也对。"直树觉得峰村的话很有道理。

峰村离开房间，没有再进客厅，而是直接走向了玄关。可能他也不知道该如何面对静子吧。

直树看着手中的钥匙，就是它，带来了噩梦。


## 2


濑户富由子是一家广告代理公司的员工。大约一年前，那家广告代理公司为直树所在的公司策划新产品促销活动时，两人通过工作结识了。

身穿笔挺的套装专注工作的富由子让直树眼前一亮，因为他身边没有像富由子这样典型的职业女性。

两人开始交往的契机，是直树打去的一通电话。后来两人一起吃了几次饭，没过多久就发生了关系。在私下，富由子表现出了富有女人味的一面，有时会吃醋，有时又会像个小女孩一样撒娇。富由子在工作与生活中明显不同的模样让直树吃了一惊，同时也让他觉得她更有魅力了。简而言之，直树陷入了情网。

静子是个恬静温和的女人，做什么事都游刃有余，任何时候都以丈夫和家庭为重。直树因为喜欢她那样的性格而与她结为夫妻，但没过几年，她的游刃有余就成了了无趣味。直树已出轨多次，每次时间都不长，甚至有好几个是一夜情。

富由子却不一样。直树渐渐在与她的相处中找到了幸福感。很快，直树就想一直跟富由子在一起了。后来他懊恼地将当时的感情归结为"着了魔"。

两人交往大概半年后，富由子怀孕了。那次直树喝醉了，觉得"跟眼前这个女人结婚也值了"，便没有采取避孕措施。直到得知怀孕一事，直树才开始感到焦虑，因为他不能让孩子生下来。他确实想过跟富由子结婚，但丝毫没有坚定的意愿。

"我肯定会跟老婆离婚的，你再忍耐忍耐。"他开始频频说出男人因出轨而不知如何收场时常用的台词。他认为当下的首要之务是让富由子打掉那个孩子，以后的事还可以再考虑。

濑户富由子却不是一个容易糊弄的女人。堕胎之后，她展开了让直树心惊胆战的行动——她竟然搬到了直树家对面的公寓里，而且还是他家窗户正对的那户。

"由于房租太贵，那栋公寓根本没人租，有很多空房。不过，我竟然能找到位置这么好的房间，真是太幸运了！这说不定就是命运呢！"

直树回想起富由子高兴地说起这番话时的情景。当时他拿到的就是如今攥在手中的这把钥匙。

情妇住在这么近的地方，对男人来说绝不是一件值得高兴的事。不仅如此，富由子还以各种形式不断给直树施加压力。有一次，她跟踪了外出购物的静子，事后打来电话说："你家今晚吃的是舌鳎鱼吧？"她还会趁直树和静子外出时故意从反方向走过来，假装与直树擦肩而过，并碰到他的手。有时直树不经意看向窗外，会发现她正用望远镜朝他家看。

每当直树提起这些事，让富由子别再这么做，富由子都会说："都是你的错，我明明就在身边，你却一直跟你老婆住在一起，我自然会捣乱啊。因为我太爱你了，实在控制不住自己。"

直树渐渐对富由子产生了恐惧。再这样下去，不知道她会做出什么事来。

"你该不会想跟我分手吧？"有时她会在床上说出这种话，

"如果你真这样想，要快点说出来呀，我会跟你分手的。不过后果将很严重，我会把你的事告诉所有人。不光是我公司的人，还有你公司的，当然也不会忘了你老婆。我还会找你要精神损害赔偿金，因为你说过要跟我结婚的。我认识特别厉害的律师，你要做好心理准备。"

她说这些话时，表情如同魔女。直树霎时感到背后一凉，慌忙辩解道："我从没想过跟你分手。"得尽快想个办法——这是直树最近一直在考虑的事。同时，他也感到富由子的忍耐已经快到极限了。

可是，直树盯着钥匙想，没想到她竟然会做这种事……

直树看到富由子的房间有了动静，他直直盯着，只见一个陌生的中年男子战战兢兢地走进了房间，身后跟着峰村。那人穿着藏青色的工作服，看上去是公寓的管理员。

两人慢慢把晾衣杆放倒，将悬在空中的富由子抱下来。由于阳台栏杆挡住了视线，直树无法看清两人接下来的动作。不一会儿，管理员站起来，开门走了出去。他的表情非常严肃。

随后，峰村也站了起来。他掏出手机放在耳边，转身看着直树的方向。

直树的手机响了。他接通电话，没等峰村开口就问道："怎么样？"

"我也不清楚，但应该是不行了。她完全没有呼吸，也摸不到脉搏。"峰村的声音很阴沉，直树还看见他在对面的房间里摇了摇头。

"是吗……"

"刚才管理员出去联系医院和警察了。"

"知道了，真是麻烦你了。"

"没什么，那……窗帘怎么办？"

"窗帘？"

"就让它一直拉开着吗？"

"啊，算了，拉上吧。"

"知道了。"

挂掉电话后，直树看见峰村拉上了房间的窗帘。他重重地叹了一口气，站起身来。他感到全身都像灌了铅，很想抛下一切逃走，但他不能，因为警察找上门来只是时间问题。就算峰村对他再怎么忠诚，应该也不会为了他向警察撒谎。在此之前，他要做好准备。他走出房间，来到客厅。正如峰村所说，静子铁青着脸坐在沙发上。

"老公，刚才对面那栋公寓里……"

"我知道。"直树试图调整气息，但只能感到呼吸越来越困难，只好喘着粗气说，"我有点事想告诉你。"

静子似乎屏住了呼吸。

## 3

刑警小田认为,这件事看起来奇怪,却算不上是案件,至少不是杀人案。无非是一个失去理智的女人为了报复情夫而自杀了。从痕检结果来看,也并没有发现可疑之处,更何况还有人目击到了女人自杀的瞬间。

唯一算得上疑点的,是其中一个目击者正好是死者的情夫,但警方已经得到第三方证词,证明女人自杀时他待在自己家,绝不可能作案。尽管如此,警方还是得按规矩完成调查,首先要确认是否有别的目击者。小田带着跟他一样没什么干劲的后辈来到了 705 号房门前。隔壁 706 号就是死者的情夫菅原直树的家。

按下门铃后,里面传来一声像是主妇的回应。小田报上身份后,房门很快打开了,一个看上去三十五岁左右的矮个子女人探出头来。可能是因为听到门外是警察,她的表情略显僵硬,但这也不能怪她。

小田出示了警察手册,然后询问她是否知道昨晚发生的事。此时距离警方接到报案过去了大约十二个小时,已是早上九点多。

"我只知道外面有警车来了，挺吵的。"女人神色不安地答道。可能因为脸色不好，她看起来有些怯弱，可能不是那种跟邻居家的太太们凑到一起闲聊是非的人。

"是这样的，对面那栋公寓里有一名女子自杀了。"

听了小田的话，主妇顿时瞪大了眼睛。这让小田感到有些意外，原来现在还有人会因为这种事受到惊吓。

"她家的窗户应该正对着这边，所以我想问一下，您家是否有人目击到了？"小田边说边想，这个问题真够蠢的，连有人自杀都不知道，怎么可能看到什么？此时一旁的后辈已经开始东张西望了。

主妇的反应却让小田出乎意料。只见她吃惊地张开嘴，不停地眨着眼睛。

"您想到什么了吗？"小田问。

"那个……自杀的人……"主妇顿了顿，捂着胸口继续道，"是……上吊了吗？"

小田与后辈对视了一眼，同时看向主妇。"是的，您怎么知道？"

"因为我女儿……"

"您女儿？"

"对，我有个女儿，她——"说到这里，主妇低下了头，"啊，不过这种事好像不值得说出来浪费你们的时间，肯定只是巧合。"

听到这种话，没有人会毫不在意。"究竟是什么呢？无论多小的事都无所谓，能请您告诉我吗？"

主妇似乎有点犹豫，不太情愿地开口道："我女儿说过一些奇怪的话。她说，看见住在对面那栋楼里的女人上吊了。"

"看见了？什么时候？"

"嗯……她是案发两天前的早上说的。"

"案发两天前？"两名刑警再次面面相觑。


# 4


"他们遇到了所谓的'预知'吗？所以才邀请了专门负责调查灵异事件的草薙俊平警官啊。"汤川学坐在副驾驶座上调侃道。他把座椅靠背放到最低，跷起修长的双腿，身上穿着阿玛尼的黑色衬衫，还戴着一副黑色墨镜，怎么看都不像物理学家。

"我不是被邀请，而是从辖区警察局那儿听说了这个案子，觉得有点奇怪，就决定调查了。"草薙握着方向盘说。

"辖区警察局那边怎么判断？"

"没有判断，硬要说的话，他们似乎认为只是单纯的巧合。案子本身基本被认定为自杀了。"

"自杀这一点确实没有可疑之处吗？"

"没有，解剖结果也没有任何疑点。"

"我听说自杀和他杀的勒痕不一样。"

"这一点自然也没有问题。"

"既然没问题，那就不用管了。你不是负责调查谋杀案的吗？每天都有这么多人被杀，你却在这种地方兜风。"

"我也这么想，但实在放不下这个案子。"

"你放不下就放不下，别把我也拉下水。我还要去批改学生们写得一塌糊涂的报告。"

"别这么说嘛。我会对这种案子感兴趣，还不是受了你的影响？用科学的眼光审视看似灵异的案件，说不定会意外地发现真理。"

"从你嘴里听到科学和真理这种词，我不禁对二十一世纪有了些许期待，真是不可思议。"

草薙开着天际线到达了现场，一栋又一栋高层公寓整齐地排列在主干道两边。

"好了，先从哪里查起？"草薙下了车，来回看着两栋楼房。左侧褐色的是濑户富由子自杀的地方，右侧白色的则是富由子情夫的家，那个预知少女也住在那栋楼里。

"哪边都行，选你喜欢的吧。我都想躺在车里等你回来。"

"好，那就先去找预知少女吧！"草薙一把抓住汤川的手臂向前走去。

705 号贴着写有"饭冢"的名牌。草薙对着一楼大门前的对讲机报上了身份，过了一会儿，就听见一声"请进"，楼门也应声而开。

"你获准会见预知少女了。"汤川在电梯里说。

"随你怎么说，先把墨镜给我摘下来。本刑警马上就要去跟人套近乎了，你可别添乱。"

"既然她是预知少女，应该具有看透人类本质的能力吧！"说着，汤川把墨镜摘下来，换上了原来那副金边眼镜。

两人来到 705 号，很快被领到了面积约有二十叠的客厅。客厅角落摆着一架钢琴。草薙和汤川在围着大理石茶几摆放的沙发上坐了下来。

领他们进来的女人叫饭冢朋子，她和丈夫、女儿三个人住在一起。丈夫是东京某著名餐厅的主厨。

"我们这次来不是因为出了什么问题，而是想再次确认一下。百忙之中，实在是打扰了。"草薙郑重地低下头说。

"看来是我说了不该说的话。可能我们都不该在意这种事的……我丈夫也责备我，跟警察说这种事会给调查添麻烦。"

"不，任何小事都有可能成为线索，所以知无不言才是最好的。对了，听说令爱一直待在家里？"

"对，现在也在。她生下来心脏就不好，经常住院。"

"我们能见见她吗？"

"可以是可以，但请你们务必不要对她说过激的话。那孩子身体虚弱，一不小心就有可能发病。"

"我知道了，我们一定会注意的。"

"另外，我还有个请求。"

"您请说。"

"请您一定不要把我女儿的事透露给媒体。要是他们将能预知死亡的事大肆炒作，我们会感到很困扰。"

确实有可能。如果得知有少女预言了死亡，媒体无疑会争先恐后地前来。

"我知道了，这件事绝不会向媒体透露。我答应您。"

"那就拜托您了。这边请。"

草薙和汤川跟在饭冢朋子后面，来到走廊尽头的房门前。朋子先走了进去，不一会儿，房门再次打开，她对两人说了句"请进"。

这是一个约八叠的西式房间，墙上贴着可爱的花朵壁纸，窗边有张木床，一个十岁左右的女孩正躺在上面。她在母亲的帮助下坐起身来。她皮肤白皙，长发泛着茶色的光泽。

"你们好。"她说。

"你好。"草薙应了一声。汤川只是站在门边点了点头。草薙想起来，他并不擅长与小孩子相处。

"听说你前几天看到了很可怕的东西？"草薙站在床边问道。

女孩抬头看着他，点了点头。

"什么时候看到的？"

"这周二晚上。不过可能已经过了十二点，或许是周三了。"

看来目击时间在周二夜里十二点钟前后，也就是案发的三天前。

"你都看到了什么？"

"我半夜醒了，拉开窗帘想看星星，结果看到一个阿姨在对面房间里做奇怪的事。"

"哪个房间？"

"就是那个。"女孩拉开旁边的窗帘，指向窗外。

草薙弯下腰，顺着她纤细的手指指着的方向望去，看到的是一扇拉着绿色窗帘的窗户。

"你看到什么奇怪的事了？"

"那个人在一根铁棍上系了绳子，又在绳子另一端系了个圈，套在脖子上……"说到这里，女孩突然停了下来。

"然后呢？"

在草薙的催促下，女孩低下了头。"然后我看见，那个人从一个垫脚的台子上跳下来了。"

草薙转头看向汤川。汤川面不改色地动了动一边的眉毛。

"后来呢？"草薙又问道。

"后来……我也不太清楚了。"

"不太清楚？"

"这孩子跟我说，当时她吓了一跳，就晕过去了。我们也是到了早上才听她说起这件事。"饭冢朋子在旁边说道。

"是吗？那两位当时是怎么处理的？"

"我们听她说完也吓了一跳，马上去看对面的房间。如果女儿说的是真的，就得立刻报警。"

"结果呢？"

草薙问完，饭冢朋子轻叹一声，摇了摇头。"从这边看过去，对面不像是发生过那种事。"

"您的意思是，那里并没有上吊的尸体，对吧？"

"是的。不仅如此，住在那里的女士还很精神地走到了阳台。当时她好像在打电话，还面带笑容。"

草薙又问女孩："你也看到那位女士了吗？"

女孩点了点头。

"跟前一天夜里看到的是同一个人吗？"

"应该是。"

"嗯……"草薙抱起手臂，挤出一个微笑，"这确实很奇怪。"

"我觉得应该是这孩子做梦了。她经常把梦到的事错当成现实告诉我们。"

"不过我觉得应该不是梦。"女孩小声说道。看来她也没有自信断言那绝不是做梦。毕竟第二天那个女人还活着，她好像也承认看到的场景不是现实了。

那真的是梦吗？现实与梦境如此一致，这真的有可能吗？如果不是梦，女孩看到的究竟是什么呢？

草薙再次看向汤川。"你有什么问题想问吗？"

汤川靠在门边想了一会儿，问道："那天晚上，那位女士的长相和穿着，你都看得很清楚吗？"

"嗯，她穿着红色的衣服。"女孩回答。

"原来如此。"汤川点了点头，看着草薙。

"这就够了？"

"嗯，够了。"物理学家干脆地回答。

随后，三人留下少女在房间休息，回到了客厅。草薙问了饭冢朋子几个关于邻居菅原直树的问题，朋子几乎都答不上来。看来两家人基本没有来往。

道谢之后，草薙和汤川离开了705号。


## 5


"你怎么想？"走出公寓后，草薙问汤川。

"你又是怎么想的？"汤川反问。两人之间经常会有这样的对话。

"我没什么想法。不过看着那个女孩,我又觉得那种事真的有可能发生。身体孱弱的人直觉一般都很准,不是吗?"

"你认为确实是预知梦?"

"我觉得……有可能。"

"那就把它当成预知梦吧。女孩预知了对面公寓的女人自杀,而她的预知最后变成了现实。这不就够了吗?没有任何问题。"说完,汤川朝停车的地方走了过去。

"喂,你要到哪儿去?"

"回去。既然确定是预知梦,就轮不到我出场了。"

草薙一边想这个男人怎么这么别扭,一边朝他走过去,像刚才那样一把抓住了他的手臂。"像我这种凡人总是容易朝神秘的方向思考,而阻止我们偏离方向不就是你们科学家的工作吗?好了,快走吧!"草薙拽着他走了起来,这回的目标是左侧的褐色楼房。

因为事先请辖区警察局联系过,他们很轻松便从管理员室借到了濑户富由子家的备用钥匙。作为真正的第一发现人,管理员至今都不敢靠近案发的房间,因此只有草薙和汤川两人上楼了。

"其实预知梦也可以说是概率的结果。"前往现场途中,汤川说道,"你觉得人一个晚上会做多少梦?"

"不知道，我没想过这种事。"

汤川哼了一声，继续说道："梦境发生在快速眼球运动睡眠阶段。此阶段一个晚上大概会出现五次。在此期间，人其实会做很多梦，这些梦里又会包含很多主题。人每天晚上都要睡觉，如此累积起来，通过一个月的梦所获取的情境就会非常多。这样一来，即使中间出现与现实别无二致的梦境，也不足为奇。"

"可我就很少做梦，最多也就做一个。"

"那是因为大部分梦都会被遗忘，能被记住的只有苏醒前一刻的梦。但是人依旧可以回忆起忘却的梦境。其中一种情况，就是现实中发生的事触发了对类似梦境的记忆。此时人们就会想：啊，我梦到过这个。与此同时，没有发生在现实中的大量梦境则被遗忘了。应该说，人们甚至不记得自己曾经做过梦，像你一样。"

"不过刚才那个女孩在案发前便预知了，并不是案件发生触发了对梦境的记忆。"

"确实如此，这就引出了另一个可能性——预言者技巧。"

"什么意思？"

"首先做出大量预言，把自己的梦境尽量告诉更多人。饭冢太太刚才说，那女孩经常把梦到的事错当成现实告诉他们。"

"嗯，她确实说过。"

"只要做很多预言，其中有一个真的实现也就不奇怪了。预言者会强调这一内容，听到的人心里也只留下了对那一个预言的强烈印象，至于其他没有实现的预言就被忘却了。这是假预言者经常用到的技巧。"

"你是说，那女孩也使用了这个技巧吗？"

"我并不是说她刻意为之，只是从结果上看有这个可能。"

说着说着，两人来到了濑户富由子家门前。草薙用备用钥匙打开了房门。

室内还维持着辖区警察局调查过后的样子。虽说是调查，根据辖区警察局的报告，并没有找到有价值的线索。

房间约有十叠，是个附带小厨房的一居室。墙边摆放着整理柜，收拾得非常干净。床是双人床，想必菅原直树曾与女主人在这里多次交欢吧。床边有个晾衣架，正如女孩所说，用来挂衣服的横杆看上去很像铁棍。草薙想起以前流行过一种用来练习悬垂的健身器材，外观和这个晾衣架差不多。

晾衣架宽六七十厘米，杆子的直径有五六厘米。垂直杆可上下滑动改变高度，和调节自行车座高度的原理一样，用螺钉和套杆上打的孔进行调节。

晾衣架被调到了最高，用来挂衣服的横杆距离地面足有两米。

"没有绳子啊。"汤川说。

"辖区警察局的鉴定科拿回去了，据说是把塑料晾衣绳剪短做成的。"

"有件微不足道的小事想确认一下，绳子的纹理跟脖子上的勒痕一致吗？"

"那当然，别把警察当傻瓜好吗？"

绞杀和上吊在尸体上留下的勒痕完全不同，这是法医学的基础知识。

汤川抓住晾衣架的横杆，稍微用力拽了一下。"这东西还挺结实。"

"死者体重约为四十公斤，想必是没问题的。"

"这就是用来垫脚的台子吗？"汤川指着脚下的梳妆凳问道。

"应该是。"草薙回答。报告书上是这么写的。

汤川沉思着走到窗边，拉开了绿色的窗帘。眼前就是刚才他们去过的那栋白色楼房，正对面是菅原直树家，旁边是饭冢家。

"这果然是巧合吗？"草薙对着汤川的背影说。

"我也想这么认为，但还有几个疑点值得注意。"

"什么疑点？"

"女孩说晾衣架像铁棍一样。换句话说，她根本不知道有晾衣架这种东西。梦到女人上吊自杀倒是没什么，可她的梦里却出现了铁棍这个毫无关联的东西，这让我感觉有点奇怪。"

"确实有道理。"

"我们来玩个推理游戏吧。"汤川坐在床上跷起二郎腿，"假设女孩看到的并非梦境，而是现实，那我们可以想到什么？"

"可以想到的是，"草薙站在原地抱起了双臂，"案发三天前女人也曾试图自杀，但没有成功。"

"你不记得饭冢太太说的话了吗？到了早上还看见女人在阳台上面带笑容地打电话。一个自杀未遂的人做出那种举动未免太奇怪了吧？"

"是啊……"

"反过来说，"汤川说，"一个如此开朗的女人，竟然在两天后自杀，这也很不自然。"

草薙不禁"啊"了一声。"没错。"

"笑着打电话的女人和上吊自杀的女人，究竟哪个才是真正的她？我觉得案子的关键就在这里。"

"这还用说，肯定是上吊自杀的那个，毕竟谁也不会拿自杀开玩笑。"

听了草薙的话，汤川的表情出现了细微的变化。他抿紧嘴唇，推了推眼镜。"拿自杀开玩笑说不定已经接近真相了。"

"别瞎说了，哪儿有人会开玩笑去死啊！"

"那我换个说法吧。开玩笑上吊，但并不打算真的去死！"

草薙猛地倒吸了一口气。他从没想过这种可能。"假自杀吗？"

"不可能吗？"汤川抬头凝视着他。

"不，完全有可能。"草薙想起了报告书的内容，"案发当天，濑户富由子威胁菅原，如果不把两人的事跟他妻子摊牌，她就自杀。菅原认为她在吓唬自己，就没有照做，结果濑户真的上吊了。不过仔细想想，这也太奇怪了，因为恼怒而对情夫以死相逼的女人虽然很多，但一般都不会真的去死。"

"假设这里面有一个诡计。"汤川竖起食指，"装出上吊的样子，其实并不会死。女人为了威胁男人，打算在他面前使用这个诡计，但此时就出现了一个问题，这个诡计需要练习和准备。"

"所以才有人在案发三天前看到上吊自杀的情景！"草薙打了个响指。

"其实那是彩排。"

"那么濑户富由子的死就不是自杀，而是事故了。出于某种原因，她的诡计失败了。"

"如果按照刚才的推理，确实会得出这个结论。"汤川措辞巧妙地说。

"可诡计到底是什么？如果是某种机关装置，鉴定科应该早就发现了。"

"那是当然，如果装置还留在原地的话。"

"啊？"草薙看向汤川，"什么意思？"

"我是说警察到达前，可能有人收走了机关装置。"

"有什么人……"

"可以肯定的是，诡计不是濑户富由子一人完成的。"汤川断言道，"你再回忆一遍刚才那个女孩说的话。她不是说当时虽然是深夜，却能清楚地看到这里的情况吗？房间的窗帘并没有拉上，濑户富由子有意让对面公寓里的某人看到自己的彩排。"

"在对面公寓里的人，是菅原直树的妻子静子……"

"如果是她，案发时是无法来这里拿走装置的，不是吗？"

"没错，那是……"

草薙回想着案件相关人员的名单，发现尸体的人是公寓管理员和——"把濑户富由子自杀一事通知管理员并与他一同进入房间的男人吗？我记得那人姓峰村，是菅原的学弟。难道是那个人在帮濑户吗？"

"这一切只是推理罢了。"

"不，这确实很有可能，我去查查峰村。如果是他教唆死者上演假自杀的闹剧，最后导致其因事故死亡，那他也得负责任。"

"草薙，"汤川叫住他，"我劝你不要冲动，这件事可能比我们想象中的更复杂。"

"你说什么？"

汤川起身走到晾衣架旁静静地凝视了一会儿，转头看向草薙。"我是说，假自杀失败或许也在计划之中。"


# 6


刚走出研究所，就有人从后面拍了一下他的肩膀。他转过头去，只见同事阪田正面带笑容看着他。

"听说那个运用 ER 流体的康复器材要投入生产了？恭喜你啊！"

"啊，你都听说了？消息真灵通。"峰村英和也笑着回应道。

"健身器材的销量好像也不错，你们部门真是吉星高照。"

"还不知道今后怎么样呢。"

"你别谦虚，能想到康复器材的点子真是太了不起了。我都没想到 ER 流体的应用范围能这么广。这简直就是峰村主任高升的保证啊。"

两人朝车站走去。

"对了，"阪田压低了声音，"我听说宣传部的菅原先生真的要辞职了。"

"啊……"

"毕竟发生了那种事，他也很难在公司待下去吧。不过应该不要紧，他家那么有钱，总有办法继续生活的。"阪田的语气听起来就像在闲聊，他并不知道菅原直树是峰村的学长。"看来在外面找情人时真要彼此提防啊。"阪田笑眯眯地继续道。

和他道别后，峰村在新宿下了车。这家客流量极大的咖啡厅是他们今天约定的碰头地点。

戴着墨镜的静子坐在最里面倒数第二张桌子旁，应该是害怕被别人认出来。看见峰村走过去，她露出了微笑。"今天我给他了。"她简短地说。

"给他什么了……"

"离婚协议书。"

"哦。"峰村点了点头说，"真不容易啊。"

"接下来轮到你了。"

"是啊。"峰村喝了一口黑咖啡，苦涩的味道在口中蔓延开来。

峰村见到濑户富由子是两个月前的事。富由子主动找来，把自己和直树的关系告诉了峰村，还说早已知道他与静子的情人关系。那似乎是她搬到直树家附近，对周边进行各种打探时看出来的。

"不过请你放心，目前我还不打算把你们的关系告诉直树。"富由子用谈生意的语气说。她的意思是，如果说出两人的关系，直树或许会认真考虑跟静子离婚，但这没有意义。"我希望直树和他老婆分开，是因为选择了跟我在一起，而不是因为别的事情。"

峰村感到富由子是那种时刻都以自我为中心的性格。

"但是，"富由子继续道，"请不要忘了我知道你们的真正关系。为了早日实现我的愿望，要麻烦你们帮忙做些事情。直树早点提出离婚，也正符合你们的心意，不是吗？保险起见我先明说了，请不要因为得知了我的存在，就让静子提出离婚。如果真的变成那样，我也不得不把你们的事告诉直树了。想必峰村先生并不希望看到这种事情发生吧？"

富由子还查到，峰村也有妻子。

"还有一点，想必也不需要我来提醒吧？当直树提出离婚时，请静子务必马上答应。还有，我奉劝她也别要精神损害赔偿金。静子必须离开那栋公寓，直树留下来。只要能保证这几点，我就永远不会说出你们的关系。"

峰村立刻反驳，明明菅原夫妇都出轨了，这样的条件未免太偏向直树。富由子却意外地瞪大了眼睛。"确实是双方都出轨了，但我是单身。静子的出轨对象，也就是你，已经结婚了，换句话说就是双重出轨。而且我如果不来找你，你们根本就不知道直树在外面有情人。如果我把你们的事告诉他，导致他提出离婚，静子别说要赔偿金了，说不定还要反过来给直树支付这笔费用。考虑到这点，我甚至觉得你们应该感谢我呢。"

富由子以恩人自居，但她自然也有她的算计。一旦她跟直树的关系败露，离婚的问题更难解决，倒不如主动把握先机。不过，她希望直树为了选择她而离婚的想法好像是发自内心的，直到她来商量假自杀一事，峰村才意识到这点。

此前，峰村已经跟富由子见过几次面，目的是为她提供信息。听说直树丝毫没有表现出打算离婚的样子，她感到十分烦躁。至于假自杀，似乎就是她忍无可忍后想到的计划。"我觉得不吓唬吓唬他是不行的，他好像把我当成容易愚弄的女人了。"

峰村心里虽然认为不是这样，还是听她说了下去。

她的计划就是以再不离婚就自杀来威胁直树。如果只是嘴上说说，直树一定不相信，所以要让他透过窗户亲眼看见她准备自杀的样子。如果他还是不认真对待，那她就真的做出行动。

"我当然不打算真的自杀，只想给他一点刺激。因此我在想，有没有看起来好像真的自杀了，实际却死不了的办法。你有什么主意吗？"

那是个十分幼稚的计划。富由子在工作上是公认的冷静周到，可一旦涉及恋爱，就容易迷失自我。

峰村并不认为富由子的假自杀计划能成功，他很了解菅原直树，那人的心想必早已不在富由子身上了。而富由子一旦知道此事，必然会恼羞成怒，很有可能冲动之下把他跟静子的关系说出来。一旦事态发展到那个地步，他完全可以想象直树会有多愤怒。长年关照的学弟竟然背叛了自己，直树必定会用一切手段毁掉他，还会把这一切告诉他的妻子。

此时的富由子对峰村来说已经成了灾祸的种子，不知何时便会萌芽。

经过整整一夜的深思熟虑，他决定在种子发芽前将其除掉。


"我准备下周搬走。"静子说完，喝了一口奶茶。

"找到地方住了吗？"

"暂时先回娘家，我父母也叫我回去。"

"这样确实更好。公寓怎么办？"

"中介说可以等案子风头过去了再卖掉。公寓所在的地段很好，面积又大，或许能卖到七千万左右。"

"这样啊。"峰村点了点头。

这次离婚，静子不仅拿到了很大一笔赔偿金，还分到了车和房子，直树还要每月给她支付生活费。假设富由子还活着，她根本得不到这些。一切都与计划相符，正如静子所说，接下来就看峰村怎么与妻子离婚了。

在这关键的时刻，计划却被打乱了。昨天夜里，峰村的妻子纪子给峰村出示了几张照片，当时她的表情严肃而僵硬。

"这是什么？"峰村问。

"你看了就知道了。"纪子说。

峰村拿起照片。几秒钟后，他屏住了呼吸，脸上失去了血色。

"这是……"

"我请了私家侦探。"纪子淡然地说，"最近你的行动实在太奇怪了。不，老实说，我早就怀疑你在外面偷情，尽管我并不希望预感成真。"

峰村死死地盯着手上的照片，手不受控制地颤抖着。

"那女人是菅原太太吧？竟然背叛一直关照你的学长，你真好意思啊！"

"等等，事情不是你想的那样。"

"是吗？但我现在不想听，你有话到法庭上说吧。"

"法庭？"

"我无法独自处理这件事，打算找太田律师帮忙。"纪子的语气十分坚定。太田律师是她父亲的朋友。

"纪子，我们先坐下来好好谈谈吧。为什么突然就要上法庭……"

"你不光是出轨。"

"啊？"

"我说你不光是出轨。"说着，纪子从峰村手上抽出一张照片，"这女人又是谁？她不是菅原太太吧？"

峰村无法回答，他已经出了一身冷汗。

"侦探事务所的人说了，她就是前几天自杀的女人，还是菅原先生的情妇，我也从报纸上的文章中确认过了。你为什么会跟那人在一起？照片不只这张，还有你走进这个女人家里的，就在她自杀前不久。这到底是怎么回事？"

峰村无言以对，他在自己的材料工学专业领域总能想出各种创意，现在却连一个借口都想不出来。

"我今晚就回娘家去。"纪子收好照片，站了起来。

峰村知道自己必须要把她留住，但身体已无法动弹。


"我们明天开车出去兜风吧。"峰村盯着空咖啡杯对静子说。明天是周六。

"好啊，不过被人注意到不好吧？"

"只要留心一点就没问题。到伊豆那边住一晚吧？"

"真的？那我得赶紧去买东西了。我没有合适的衣服，又是第一次跟你旅行，得好好打扮一下。"静子露出了少女般兴奋的表情。

"嗯，是啊。"峰村笑了笑，"那你可要打扮得漂亮一点。"


# 7


帝都大学理学院物理系第十三研究室。草薙打开门，看见身穿白大褂的汤川正在调整晾衣架的高度，晾衣架与濑户富由子房间里的一模一样。

"哎，已经开始了？"

"你来得正好，我刚做完准备工作。实验开始前要不要来杯速溶咖啡？"

"不用了，赶紧开始吧。"

"你这人真性急。"汤川苦笑了一下，指着晾衣架说，"好吧，你吊在那根横杆上看看。"

"这样吗？"

草薙抬起双手抓住横杆，打算让双脚离开地面时，横杆也开始慢慢下滑。原来是垂直杆在滑动，他的双脚始终无法离开地面。

"怎么回事？调整高度的螺栓根本没装上去啊。"

"你说对了。为什么在你抓住横杆前，晾衣架能一直保持刚才的状态呢？"汤川笑眯眯地问。

"我知道了，是弹簧装置。"

"如果是弹簧，你只要放开双手，横杆就应该回到原来的位置，但你也看到了，横杆并没有弹回去。"

"是啊。"草薙一手拉住横杆稍微用力，杆子就几乎毫无阻力地滑动起来，"这是怎么回事？"

"真正的机关是这个。"汤川从工作台上拿起一根数十厘米长的棍子。棍子是由两部分组成的套杆，较粗的部分直径约有五厘米，较细的部分则有三厘米左右。

"这是什么，活塞吗？"

"这叫阻尼器，你从另一头推推看。"说着，汤川把细的那端对准了草薙。

草薙用指尖轻轻一推，细棍就缓缓滑进了粗棍里。

"感觉有点像在戳琼脂。"

"这是一种减震装置，推动它并不需要很大力气，只是无法快速推动。装置中填充了液体，我利用的就是那种液体的黏性。我们在水中活动比在空气中的动作更加迟缓，两者原理是一样的。"

"你是说，晾衣架里装了这个叫阻尼器的东西？"

"就装在垂直杆里。微弱的力量无法使它产生变化，可一旦将重物悬挂在上面，它就会被压缩，使横杆降下来。"

"哦……"草薙看着晾衣架说,"濑户富由子就是用这个来威胁菅原的吗?她在横杆上悬绳上吊,可是还没等脖子被勒紧,横杆就先滑下来了,所以她能及时踩到地面,免于一死。"

"作为一种恶作剧,我觉得这个诡计还是挺有意思的。"汤川说,"从对面大楼看过来,由于阳台阻挡了视线,是看不到脚下的,这样就能隐瞒双脚踩在地上的事实。虽然横杆会滑动,可是从远距离看很难发现,再加上目睹她上吊的人必然会陷入慌乱,就更不容易注意到那些细节了。"

"案发三天前那小女孩目击到的,其实就是试验成功的场景吧?"

"应该是。"汤川点头道。

他们已经查明,那天晚上菅原直树出差不在家。峰村有可能到菅原家充当了富由子那场彩排的观众,静子自然也成为同伙。

"不过,要怎么才能让这个机关失灵?按照你的推理,应该是峰村故意让假自杀计划失败的吧?"

"这正是峰村发挥本领的地方。"汤川把晾衣架恢复到原来的高度,"好,你再吊上去看看。"

"要我再做一遍同样的事吗?"

"没错。"

"那能有什么意义?"

"少啰唆，赶紧抓住横杆。"

"你怎么总是让我做这种奇怪的事。"草薙像刚才那样双手抓住头顶的横杆，并准备双脚离地。他想，反正横杆会像刚才那样滑下来。

结果却与他预料的完全相反，他曲起双腿，脚底便离开了地面。横杆则根本没有向下滑动。

"咦？这是怎么回事？"

"保持那个姿势。"汤川说着，按下了手边的开关。

草薙吃惊地"啊"了一声。横杆像刚才那样开始下滑了。"这到底是怎么回事？"他放开横杆追问道。

"接下来换这个。"汤川拿起刚才那根装了阻尼器的棍子对着草薙，"你再推一下看看。"

草薙轻轻推了一下，棍子纹丝不动，甚至没有刚才那样的手感。紧接着，汤川按了一下棍子旁边的开关，棍子马上动了起来。

"这究竟是什么机关？"

"ER 流体。"

"ER 什么？"

"正式名称叫电流变流体，指的是在电压作用下可发生黏性变化的液体。简单来说，这种液体一般状态下跟牛奶差不多，但只要稍微施加电压，就会变成奶油状，继续加大电压，它还会变得像冻住的冰棍一样坚硬。"

"所以呢？"

"我刚才不是说，阻尼器里填充了液体，而且还利用了液体的黏性吗？一般的阻尼器只有这种功能，而我手上这个阻尼器中填充的却是 ER 流体，同时还可以施加电压。其结果就是你刚才亲身体验到的，仅凭一个小小的开关便能让它成为丝毫不会缩短的棍子。"

"你的意思是，那个晾衣架也使用了同样的装置？"

汤川坐在工作台上，双臂环抱。"峰村英和递交了许多与 ER 流体相关的专利申请。换句话说，这是他最擅长的领域。我的推理是这样的：他告诉濑户富由子晾衣架上安装了普通的阻尼装置，并把假自杀的方法告诉了她。但到了她真正上演假自杀闹剧的那一刻，峰村又利用无线电波等远距离操作方式给阻尼装置通了电。"

"于是横杆不会滑动，她真的被吊死了……"

"至于那个装置，他应该是趁管理员不在的时候拆走了。如你所见，这并不是体积特别大的东西，要在警方到达前把它藏起来实在太容易不过了。"

"原来如此啊……"草薙沉吟道，"可以说，你的推理很完美。"

汤川闻言，露出了微笑。"只是没有任何证据。我的推理基于峰村是凶手这一假设，是从女孩看到的是现实这一前提中推导出来的。如果真要调查，可能连动机都查不到。"

草薙点了点头，露出苦涩的表情。"我们找不到濑户富由子和峰村之间的联系。"

"那就只能放弃了，我能做的只有这些。"

"不，我不会放弃。听完你的推理，我已经确信了。无论花多少时间，我都要找出真相。"

## 8

饭冢朋子取完信件回到七楼时，看见菅原静子正在等电梯。平时两人几乎不会交谈，但这种情况下，实在难以对其视而不见。

"啊，您好。您这是要出门旅行吗？"朋子这样问是有理由的，菅原静子提了一个大旅行包，而且她的妆容和衣着都比平时要用心一些。

"对，要去伊豆。"

"伊豆啊，那里很不错呢。"

"失陪了。"菅原静子说着，走进了电梯。

朋子想，我们家暂时还不能去旅行，毕竟给女儿治病要紧。

回到家，她先走进了女儿的房间。

"妈妈回来啦！"女儿带着天使般的笑容和她打招呼。

"嗯。睡得好吗？"

"刚才睡着了，后来又醒了。"

"是吗？"

"妈妈，我又做了奇怪的梦。"

女儿的话让朋子心里一沉，前几天的自杀案还在她的脑海中挥之不去，但她还是面不改色地问："什么梦？"

"我梦到邻居家的阿姨了。"

"邻居家？"朋子想起刚刚遇到的菅原静子妆容精致的脸。

"那个阿姨一直往下掉。"

"往下掉？"

"嗯。她跟一个叔叔，掉进又黑又深、好像山谷一样的地方。"

朋子心中涌起了不祥的预感，但她很快就把这种感觉抛到了脑后。"快把那种事忘了，继续睡吧。"说完，她为女儿盖上了被子。

图书在版编目(CIP)数据

预知梦 / (日)东野圭吾著；吕灵芝译. —— 海口 ：
南海出版公司，2019.6 (2025.10重印)
ISBN 978—7—5442—9516—1

Ⅰ．①预… Ⅱ．①东… ②吕… Ⅲ．①短篇小说－小
说集－日本－现代 Ⅳ．①I313.45

中国版本图书馆CIP数据核字(2018)第273694号

著作权合同登记号 图字：30—2018—104

YOCHIMU by HIGASHINO Keigo
Copyright © 2000 HIGASHINO Keigo
All rights reserved.
Original Japanese edition published by Bungeishunju Ltd. in 2000.
Chinese (in simplified character only) translation rights in PRC reserved by ThinKingdom
Media Group Ltd., under the license granted by HIGASHINO Keigo, arranged with
Bungeishunju Ltd., Japan through BARDON CHINESE CREATIVE AGENCY LIMITED,
Hong Kong.

**预知梦**
〔日〕东野圭吾 著
吕灵芝 译

出　　版　南海出版公司　(0898)66568511
　　　　　海口市海秀中路51号星华大厦五楼　邮编 570206
发　　行　新经典发行有限公司
　　　　　电话(010)68423599　邮箱 editor@readinglife.com
经　　销　新华书店

责任编辑　张　锐
特邀编辑　倪莎莎　崔　健
装帧设计　韩　笑
内文制作　王春雪

印　　刷　北京盛通印刷股份有限公司
开　　本　850毫米×1168毫米　1/32
印　　张　7
字　　数　123千
版　　次　2019年6月第1版
印　　次　2025年10月第26次印刷
书　　号　ISBN 978—7—5442—9516—1
定　　价　49.50元